コロウの空戦日記
山藤豪太
ill. つくぐ

用語解説
Infomation in this diary.

第3次コル戦争
ツトツ海を挟む隣国コクト国とルシュウ国の間で起こった戦争。
コクト側の先制攻撃によって始まり、初期はコクト国が優勢に進めたが、
大国ガレスがルシュウ国の支援にまわったことで戦況が逆転している。

コクト国
クーデターによって政権を掌握したギガマツのもと、発展を遂げてきた国家。
彼のあとを継いだ息子ツラマの失政により、終わりのない戦争に突入する。

快音
コクト国の主力戦闘機MA22.2型の名称。
速度、上昇力、旋回性、航続距離に優れ、戦争初期には戦場の空を席巻した。
コクト国のパイロット達が愛して止まない傑作機。

H7
ガレス製の4発重爆撃機。通称「飛翔する巨人」
ルシュウ国による対コクトの戦略爆撃で中心として用いられる。

コロウの空戦日記

山藤豪太

GA文庫

カバー・口絵・本文イラスト
つくぐ

［イ歴1078年4月28日］

今日、敵爆撃機編隊が飛来した。

私は実戦にデビューした。

デビューと言っても許されているのは観戦することのみだった。上空で先輩達の空戦を見て勉強し、戦場に馴《な》れることに努《つと》めよ』というのが私の所属する空咲《そらさき》部隊の規則なのだ。

『新人は初陣《ういじん》においては戦闘には参加してはならない。

「ヒヨッコは、まずは生き延びられるようにしろ。敵機を撃ち落とすのはそれからだ」ということらしい。

だから私は高高度から戦いを観察していた。

眼下《がんか》にて綺麗《きれい》なくさび形を描いた味方の戦闘機達が正面から敵爆撃機編隊に突撃していく。隊長機を頂点とした突撃隊は一糸乱れず整然と飛行しており、搭乗員達の錬度と胆力《たんりょく》の高さを物語っている。敵機と急接近していく恐怖を物ともしていない。

反航針路であるため彼我《ひが》の速度が合わさって距離はあっという間に詰まっていく。突撃隊は唯々《ただただ》、一直線に敵爆撃機編隊へ突き進む。敵機にサイズで格段に劣る味方機が真正面から挑みかかっていく有様《ありさま》は勇壮の一言であり、私は思わず武者震《むしゃぶる》いしてしまった。

《すべて蹴《け》散らせ！》

《おぉ！》

無線機から隊長の掛け声と、応じる男達の勇ましい返事が次々と聞こえてくる。彼らの雄叫《おたけ》びで無線が飽和状態となる。

以後、区別のため、この日記にて無線からの言葉はすべて《 》で囲むようにする。

隊長は『∧』の頂点で、『突撃用くさび隊形』用に改造した『重装快音《かいおん》』を駆っている。隊長は隊長という立場であるのに毎回、最も危険なくさび隊形の切っ先の役目を負う。

重装快音は戦闘機・快音の特別仕様機だ。頑強な敵陣形『バトルボックス』と真っ向から撃ち合いをするために重装甲化、重火力化が施されている。コックピット周辺には5ミリの鋼板、風防正面は50ミリ、側面は30ミリの防弾ガラス、両翼前面には20ミリの鋼板を装備されており、火器は通常2門の2サンチ機関砲が6門と増設されていた。その分、重量がかさみ、速度・運動性・上昇力は著しく減少している。

対する敵爆撃機の機種はエンジンを4つ備えるガレス製主力重爆撃機『H7』だ。各所に装甲が施されており、防御火器も強力で前後左右上下に12ミリ機銃が備えつけてある。『飛翔《ひしょう》する巨人』と呼ばれるこのH7はすこぶるタフで、たとえ4つあるエンジンのうち3つが停止しても飛行可能らしい。

開発メーカーはH7を「いかなる攻撃に晒《さら》されようと墜《お》ちることはない機体」と豪語して世に送り出したそうだ。

しかし現実は甘くなかった。普通に撃墜されてしまった。

H7は良好な性能を持つが単独で飛行していては危険であるという戦訓が示された。

そこで敵はバトルボックスと呼ばれる陣形を組むようになった。

H7同士が互いの火器で掩護《えんご》し合える飛行隊形をバトルボックスという。どの方向に対しても40門の機銃による濃密な射撃が可能となっている。つまりは空に強力な要塞を築城したのだ。

これによってH7爆撃機編隊の防御力は飛躍的に上昇し、編隊に挑む私達コクト戦闘機部隊の被害は増大した。聞いたところによればバトルボックスに攻撃すると、噴火中の活火山の火口へダイビングするような気分を味わえるらしい。

バトルボックスに対して無策に突入することは自殺行為に等しい。

まず、これを無力化する必要がある。

よって迎撃するこちらが対応策として編み出したのが今行われている突撃用くさび隊形だ。

戦闘機が密集し、∧という、くさび形の隊形を取って1つの強大な火器と化し、破城槌《はじょうつい》となって突撃、バトルボックスという空に築かれた要塞の鉄門を突き崩すのだ。

H7という巨人機の群れに真正面から殴り込むのである。

この突撃用くさび隊形の発案者は私たち空咲部隊を率いるカノー隊長であった。

隊長曰《いわ》く、「対爆撃機攻略法で最も有効なのは反航、すなわち互いに反対の進路での飛行による正面から攻撃だ。それを練り上げていった結果、今の突撃用くさび隊形に行き着いた」とのことである。

Ｈ７の正面は防御火器が手薄だ。それに反航による彼我の合成速度で、こちらの弾の貫通力が増す。そして何よりコックピットの操縦者を狙《ねら》うことができる。機体が健在でも操縦者が射殺されてしまえば墜落するしかない。

理に適《かな》っているように思えるが、やはり危険極《きわ》まりない。

にもかかわらず現在、迎撃戦において突撃用くさび隊形は対バトルボックスの主戦法となっている。リスクが高くても成功すれば確実にバトルボックスを壊せるからだ。

バトルボックスＶＳ突撃用くさび隊形の全体的な勝率は今のところ五分五分だ。でも空咲隊のみに限定すれば９割強に達している。そんな数値を叩《たた》き出せるのは偏《ひとえ》に空咲部隊が極めて優秀だからに他ならない。

眼下で怒涛《どとう》の火戦が開幕する。

一瞬にして空が業火の坩堝《るつぼ》と化す。

体当たり攻撃はない。あくまで銃撃のみで敵を屠《ほふ》っていく。

重装快音の６門に及《およ》ぶ機関砲が一斉に火を噴《ふ》く。発光して弾道を示す曳光弾《えいこう》が敵爆撃機に吸い込まれていく。

同時に敵爆撃機も機銃を発砲してくる。

重装快音対Ｈ７の激闘は、武骨な殴り合いのようだった。回避などない。お互い敵弾はすべて装甲で受け止める。そして有《あ》りっ丈《たけ》の火力を敵に送り込む。撃ち込んで撃ち込んで撃ち込んで、より早く相手をダウンさせ、針路から退《ど》かす。やるべきことは単純だけど、決して容易ではない。急接近してくる敵機へ正確に銃弾を命中させる高い技量と肉薄してくる敵の恐怖から逃げない勇気が必須だ。選《よ》り抜きの精鋭でなければ務まらない任務だ。

敵H７が次から次へと撃破されていく。重装快音の機関砲弾をしこたま喰《く》らってコックピット部分が穴だらけとなり、パイロット死亡で墜落していく機体。銃弾が爆弾倉まで届いたのであろう、搭載していた爆弾が爆発し、空中に赤い炎の華を咲かせる機体。主翼《しゅよく》が根本からもげてクルクルと回転しながら落ちていく機体。

対する突撃隊側も当然、無事では済まない。無数に被弾して、着弾火花に塗《まみ》れている。防弾ガラスは視界不良となるほどのヒビが入り、機体は穴だらけとなる。脱落機が発生し、くさび形が欠けていく。

バトルボックスが壊れるのが先か、くさび形が砕け散るのが先か。

間も無くして突撃隊はバトルボックスの突破に成功した。

突破に成功したということは、すなわちバトルボックスを粉砕したということである。突撃用くさび隊形の勝利だ。

バトルボックスは散り散りに壊れた。

迎撃戦は次の段階へと移行する。

バトルボックスが破壊され機能しなくなれば、H7は味方機との相互掩護ができず、その防御力・火力は著しく失われる。そうなれば後は1機1機各個撃破していくのみだ。

《ヨッガ！　レーコ！　出番だ！　すべて狩り尽くせ！》

くさび隊形の突端にいながら健在である隊長が、上空に待機している襲撃部隊へ命令を下した。

襲撃部隊を率いているのはヨッガ少尉とレーコ少尉。隊長と同年代である、この両名は空咲部隊が誇る2大エースだ。

《了解》

《承知、行くぜ、野郎共！》

ヨッガ少尉は静かに、レーコ少尉は気楽に返答する。

上空の部隊が孤立状態に陥《おちい》ったH7に対して次々と襲いかかっていく。戦闘の様相は、群れからはぐれた1匹の羊が狼《おおかみ》の集団の餌食《えじき》にされていく様に似ていた。

けれどH7は無抵抗な羊では決してない。単機であっても無闇《むやみ》にやり合えば撃墜されるのはコクト戦闘機の方なのである。

よって『3段落とし』という戦法を用いて仕留める。

コクト襲撃部隊は爆撃機の上空において、3機で縦一列に並ぶ単縦陣を作る。

《それじゃあ始めるか。後ろの奴、しっかり付いて来い。俺《おれ》のケツを見失うんじゃねえぞ》

３機編隊の先頭を行くレーコ少尉が緊張感の欠片《かけら》もない呑気《のんき》な声で後続機に無線を飛ばし、急降下を開始した。後続機はレーコ機が描いた針路をそのままなぞっていく。３機編隊は下方にいる爆撃機との距離をぐんぐん詰めていく。降下角度はきつくなっていき、とうとう垂直降下となる。水平方向へ飛んでいる敵爆撃機の直上へ３機編隊は列を成して降っていく。その交差角は90度。

爆撃機の上部銃塔が迎撃せんとしきりに動いているが発砲しない。発砲しないのは撃っても無駄だからだ。バトルボックス形成時は僚機《りょうき》からの掩護に守られていたＨ７の真上は、脆弱《ぜいじゃく》な死角と化す。上部銃塔がどんなにがんばってもその構造上、直上を狙い撃つことは不可能なのであった。

《もらった！》

見事なまでの攻撃針路を為《な》す３機編隊。編隊先頭のレーコ少尉機が発砲する。襲撃部隊の戦闘機は通常兵装の快音であり、その武装は２サンチ機関砲２門と13ミリ機関銃２門からなっている。連続して放たれ弾丸が爆撃機へと消えていく。

ギリギリまで銃撃を続けたレーコ少尉機は危な気ない動きでヒラリと敵機を避け、傍《かたわ》らを通り貫《ぬ》けて退避していく。エースと呼ばれるに相応《ふさわ》しい鮮やかな操縦である。レーコ少尉機が退避すると続いていた２番機が敵機に対して射撃を開始する。

敵爆撃機はレーコ少尉の攻撃で損傷し、機体から燃料漏《も》れによる白い尾を引いていた。２番機の攻撃はさらにその白い尾の数を増やす。2番機が退避すると3番機が攻撃する。3番機によってついにH7に火が付いた。白かった尾は真っ黒になり機体は炎に包まれ機首が下がる。敵搭乗員達が燃える機体から脱出し空中に落下傘が開いた。撃墜である。

この戦法が3段落としだ。3機が列を成して次々とH7の死角である真上から射撃を加えていくという戦法だ。

先にも書いたように対爆撃機攻略法で有効なのは反航による正面攻撃である。でも、これは高難易度でリスクが大きい。ゆえに空咲部隊では基本的に正面攻撃を行うのは対バトルボックスでの突撃時だけとなっており、それ以外は3段落とし戦法を取っている。

死角である直上から攻めるのはわかるが、なぜ単機ではなく、わざわざ3機編隊による3段落としをするのか。

その理由はパイロットの生存率を高めるためだ。

交差角90度となるように真上から攻めればH7の反撃を受けず安全である。けれども未熟なパイロットだと、これを実践するのが非常に難しい。浅い攻撃角度で仕掛けてしまう。そうなるとH7の死角は突けず、敵機関銃との撃ち合いとなる。突撃用の重装快音ならまだしも、通常の快音では頑丈なH7相手に撃ち合って勝てる見込みは低い。結果、パイロットは戦死することになってしまう。

こうした事態を防ぐための戦法が3段落としなのである。

作られる3機単縦陣編隊において1番機はベテラン、2番機は中堅、3番機は新人がそれぞれ受け持っている。飛行時、2番機は1番機の、3番機は2番機の軌跡を寸分違《たが》わぬように辿《たど》っていく。こうすることにより未熟なパイロットは先輩方の成す理想的な攻撃角度、すなわち交差角90度を実現でき、安全を確保して、戦死せずに済むのであった。そして3段落としを繰り返していくうちに、新人はベテランへと成長していくのである。

ちなみに、この3段落としを考案したのも空咲部隊だ。空咲は次々と新しい試みをする部隊なのである。2機編隊や4機編隊ではなく、3機編隊の3段落としとなっている理由は、火力量を考慮してのことだそうだ。収集したデータからH7を墜とすのに2機では火力量が不足し、4機では余分になってしまうとのことである。

《2番機、3番機、上出来だ》

レーコ少尉が後続機を褒める。

《3段落としでは俺の軌道をひたすら真似《まね》ればいい。仮に俺が地面に突っ込んだなら、お前らも突っ込むんだぞ。解ったか》

《馬鹿《ばか》を言うな。死ぬなら1人で死ね。部下を巻き込むんじゃない》

途端に無線から鋭いツッコミが飛んできた。もう1人のエースであるヨツガ少尉だ。

ヨツガ少尉とレーコ少尉はコクト国撃墜王の座を争うライバルである。現時点でレーコ少尉が142機、ヨツガ少尉が144機を撃墜している。

《冗談だよ。俺は心意気を教えようとしただけさ》
《お前は本気と冗談の境目がない男だからな》
《おやおや、それはどういう意味だい？》
《まともじゃないってことだ》
両者はライバルであるが、気心の知れた仲であるようにも思える。
2人のエースは軽口を叩き合いながら戦闘を着々と継続している。機体の高度を回復させて2度目の3段落としを始める。
その時であった。私は戦域から離脱しかけているH7を発見した。あのままでは逃《のが》してしまう。そのH7は手負いだった。4基あるエンジンの内、右翼の1基が停止しており、さらに左翼からは黒煙を噴いていた。しかし爆弾倉扉は開いていない。腹に爆弾を抱えたままである。爆弾を放棄していないということは、まだやるつもりなのだ。敵は誰《だれ》かの頭上に爆弾を落とそうとしているのである。見逃してはならない。阻止せねば。
無線で先輩方に知らせようとしたが、私の見た限り手の空いている人は誰もいなかった。そこで私は自ら、その敵機を撃ち落とすことにした。規則違反になるが構わないと思った。だって私は戦うためにここへ来たのだから。
私は機体を捻《ひね》って急降下した。太陽を背にし、敵機目掛けて降っていく。彼我の成す角度は直角。バッチリだ。

「敵の白目が見えるまで」

私は射撃を行う時の原則を呟《つぶや》いた。敵兵の白目が見分けられる距離まで近づかないと撃っても当たらないという原則である。

私は敵機銃手の恐怖で血走った白目を確認してから引金を引いた。放たれた銃弾は左翼から右翼へ列を成して命中する。破片が空中に飛び散る。私はギリギリまでH７に銃撃を加え続けた。あまりにギリギリとなり過ぎたため敵機と衝突しそうになる。寸前で躱《かわ》し、敵機の主翼と尾翼の間を際《きわ》どく通り抜ける。翼の先がH７と擦《こす》った感触があった。まさに紙一重。回避行動があと一瞬遅ければ、私は間違いなく激突死していた。

けれども問題ない。

私はここへ戦うために来ていると共に、死ぬために来ているのだから。

振り仰《あお》ぐと敵機は各所から火を噴き、火だるまとなって墜落していた。

私の初撃墜だ。

そしておそらく私の初殺人だ。

私は敵がやった所業を目の当《ま》たりにしている。情けはかけられない。

迎撃戦は空咲部隊の勝利で幕を閉じた。敵爆撃機編隊は目標を達成できず、その大半がコクトの大地へ叩き付けられる運命を辿った。

私は基地に帰還した。

自機から降りると一足先に帰還していた隊長が腕を組んで待ち構えていた。

「コロウ、お前、新人は初陣において戦闘には参加してはならないという規則を破ったな」

隊長は開口一番そう言った。

私は敵機を撃墜したことを誰にも報告せずに黙っていたのだが、知られてしまっていた。

「バレましたか」

私が言うと隊長は
「そりゃバレるわ。あの敵機は俺が狙っていたんだからな。そしたら上からお前がしゃしゃり出てきた」

「そうだったんですか。気づけませんでした。申し訳ありません。違反を承知の上での行動です。覚悟はしております。いかような処分でもお受けします」

私は言い訳しなかった。

隊長は私の目をじっと見た。私は真っ向から隊長の視線を受け止めた。私は隊長に自分の心の内部を覗《のぞ》き込まれているような気がして落ち着かなかった。

「……行っていいぞ」

しばらくして隊長はそう言った。お咎《とが》めはそれでお終《しま》いだった。私は拍子抜けしてしまった。鉄拳制裁を受けるぐらいの覚悟はしていたから。怒鳴られることすらなかった。

どうやら隊長は私が攻撃に踏み切らねばならなかった理由を理解していたらしい。敵味方入り乱れる空中戦の真っ只中《まただなか》で、隊長はあの時の戦況をすべて把握していたのだ。本当によく周りが見えている人だ。

私は隊長に敬礼し、その場から離れた。歩み去る私に、隊長は思い出したかのようにして声をかけてきた。

「整備員に言って機体に撃墜マークを描いてもらえよ。それから」

隊長は声音《こわね》の調子を変えることもなく

「お前、ヤバいな」

と言った。私の敵機と激突寸前の攻撃軌道を目にしての発言だろう。確かにあれは我が身の生存を一切《いっさい》顧みない人間の動きだった。露骨過ぎた。私が死に急いでいる印象を隊長に与えてしまったに違いない。

しかし、それでいいのだ。

死は私の望むところだ。

私は『死にたがり』なのだから。

今日は初陣ということもあり、日記のボリュームが甚《はなは》だしいことになってしまった。まだ書き足りないが、そろそろペンを置いて眠ることにする。明日の朝も早い。

＊＊＊＊

『第3次コル戦争』

これが本戦争の名である。

この戦争は『ツトツ海』を挟んだ『コクト国』と『ルシュウ国』の間で起こった戦争である。

第3次コル戦争が発生する起源を辿っていくと、それはコクトに独裁体制が築かれたことへと行き着く。

コクトはもともと主権が国民にある民主国家であった。

しかし統治機関は腐敗しており、まともな国政は行われておらず、為政者は皆、無為無策で、国民は困窮に喘《あえ》いでいた。

そんな中でギガマツという1人の壮齢の政治家が立ち上がりクーデターを起こした。

現政権に不満しか持っていない国民はギガマツを熱烈に指示し、クーデターは成功した。

ギガマツはすべての権力を自分の下に集中させ、自らを国家元首と名乗った。

「これは独裁ではないか！　ギガマツは独裁者だ！」

という非難の声に対して彼は

「我が国にもはや猶予《ゆうよ》はないのだ。権力を分割し、悠長に議論を重ね、状況を遅延させるのは無益を通り越して有害でしかない。権力を私が掌握し、速断速実行していく必要がある。国民の方々に理解してもらいたい。私はこの国の礎《いしずえ》となり、果てる所存である。私を信じ、付いてきていただきたい。私はこの国を必ず立て直してみせる。さらに豊かで強い国としてみせる。そしてことが成った暁《あかつき》には、再び権力を国民の手に返すことを私は固く約束する」

と宣言した。

ギガマツは精力的に活動し、次々と新しい施策を立案・実現していった。国は安定を取り戻し、治安は回復し、経済は活気付いた。彼の独裁統治は国民から歓迎され、長期間に亘《わた》った。

そうして長い間、コクトの発展に貢献したギガマツであったが、歳《とし》を取り、病を患って、これ以上元首という重責を担うことができなくなった。

コクトはギガマツの活躍によって十分に豊かで強い国となっていたため、先の宣言に従い、独裁は解かれ、権力が国民の手に返される時期が来たかと思われた。

しかし、そうはならなかった。

ギガマツの息子のツラマが

「父はすべての権力を私に譲った」

と公言し、2代目独裁者の座におさまったのである。

宣言通りに権力は返されなかったが、国民から反発が起こることはなかった。

国民は偉大な業績を残しているギガマッツに絶大な信頼を置いており、彼の判断であるならば間違いない、とツラマを認めたのである。

これがすべての災いの始まりであった。

端的にいってツラマは無能であった。

彼の政策はことごとく失敗に終わったのである。

国政には混乱が生じ、財政は枯れ、先代が作り上げたものは台無しとなっていった。

ツラマは国家元首という地位を放棄すべきであった。

けれども彼は放棄しなかった。ツラマは異常なまでに自尊心の強い男であった。ゆえにコクトの歴史に自分の名が汚名として残るのを恐れたのである。

名誉を挽回するためツラマは最終手段を取った。

それこそが第3次コル戦争である。

昔から敵対関係にあり、既に2回ほど大きな戦争に発展した過去があるルシュウとは和平交渉が持たれていたのだが、それを決裂させ、戦争状態へと突入させたのである。

内政での失敗を戦争で取り戻そうとしたのであった。

ツラマは自らが軍の最高司令官となり戦争を指揮した。

ルシュウに攻め込んだコクト侵略軍は当初、連戦連勝を重ねた。連戦連勝をもたらした大きな要因は航空戦力の戦力差であった。先代ギガマッツは「これからの戦争は空を制したもの、すなわち『制空権』を得たものが勝つ」として航空戦力へ惜しみない投資をし、大いに強化させていたのである。彼の読みは正鵠《せいこく》を射ていた。圧倒的な航空戦力差で空を押さえたコクト侵略軍は優勢な立場を確保し、ルシュウ軍を蹴散らしていった。

ちなみにギガマツが航空戦力を充実させたのはあくまで、国防のためであった。それをツラマは侵略に使ったのである。

続く勝利にツラマは狂喜した。

しかし彼の幸せは長く続かなかった。

戦争計画が性急《せいきゅう》な上に杜撰《ずさん》であったため、物資の工面が間に合わなくなったのだ。前線への武器・弾薬・糧食《りょうしょく》などが不足していき、コクト軍の侵攻速度は著しく減衰して、ついには停止してしまった。

そうした中で、戦局がひっくり返る一大事が発生した。

大国『ガレス』がルシュウ側の味方として参戦したのである。

ガレスからルシュウへ軍事物資と最新の軍用機が大量に供給された。ただし兵員は1人も送られなかった。他国の戦争で自国民に死人が出ると国民の反発を招くためである。

ガレスの援助によって航空戦力の差を逆転させたルシュウ軍は反攻に転じた。

補給が滞り、勢いを失っていたコクト軍は戦線を維持することができず、ジリジリと押し戻された。

ツラマは「1サンチたりとも退《しりぞ》いてはならぬ！」と、現地の兵に持ち場を死守するよう闇雲《やみくも》に命令を飛ばし続けた。

だが、これが仇《あだ》となった。一時的に撤退し戦力を立て直す、という手段が使えなくなり、戦術に柔軟性が失われ、多くの兵員を無益に喪失する結果となったのである。

そしてコクト侵略軍はついに崩壊、奪った領地を放棄し、ツトツ海へ向けて潰走《かいそう》することとなる。

これまでの復讐《ふくしゅう》とばかりにルシュウ軍は苛烈《かれつ》な追撃戦を展開した。

コクトは一刻も早く救出部隊を送り、ツトツ海を渡ってルシュウ国領土より自軍を助け出す必要があった。そうしなければコクト侵略軍は海岸線に追い詰められ、全滅してしまうのは誰の目にも明らかである。

けれどもここでまたツラマが致命的な命令を下してしまった。彼はなんと味方の救出を禁じたのである。なぜ救出を禁じたのか、ツラマの考えは以下であった。

背水の陣、という言葉がある。意図的に川を背にして陣を立て自ら退路を断ち、味方に決死の覚悟をさせ敵を破ったという故事からきている言葉である。

ツラマはこの背水の陣の状況をツトツ海で起こし、コクト侵略軍を奮起させ、ルシュウ軍を打ち破らせようとしたのであった。

この試みは大失敗に終わった。

補給に支障をきたしていたため、潰走してきたコクト侵略軍に戦うための武器弾薬は残っていなかったのである。覚悟があっても武器弾薬がなければ話にならない。

コクト侵略軍は自力で海峡を渡り、脱出しなければならなくなった。ツラマの命令を無視した一部の救出部隊の活躍もあり、侵略軍はどうにか全滅を免れたが、その7割がルシュウ軍に捕捉され、壊滅した。

コクトの戦力は取り返しのつかない大損害を被《こうむ》った。もはや再起不能である。

国内の敵をすべて排除することに成功したルシュウは、ガレスからのさらなる支援を受け、今度はコクトを征服する戦争計画を決定した。

その戦争計画とは爆撃機による『戦略爆撃』であった。

戦略爆撃とは戦線背後の後方施設などを爆撃破壊することにより、敵の戦争遂行能力及び士気を喪失させるというものである。ルシュウは地上戦力を一切投入せず、この戦略爆撃のみでコクトを屈服させようと企図したのであった。

こうしてコクトの国土に爆弾の雨が降るようになったのである。

対するコクト側は早期警戒網を構築し、多数の『航空戦闘団』を編成して、爆撃機の迎撃に当たることとなった。

コロウが配属したのは、そうした戦闘団の1つであった。

この戦争の帰趨《きすう》は既にコクトの敗北で決している。

ガレスからの膨大なバックアップを有するルシュウと、侵略の大失敗で軍に回復不能な損害を負い、加えて戦略爆撃によりジリ貧状態に陥っているコクト。

コクトに戦局を覆《くつがえ》す術《すべ》はもはやない。支援してくれる勢力はどこにもいない孤立無援なのである。

コロウが参加しているのは、そんな負け戦であった。

けれども仕方ないのである。彼女が己《おのれ》の人生を無意味にしないためには、これしかなかったのだ。

［イ歴1078年4月20日］

本日、私は第42戦闘団、通称『空咲』部隊へ着任した。

ほとんどの戦闘団には通称がある。番号だけでは味気ないし、また、その部隊の心意気を表すためにも通称を持つのだそうだ。空咲は「我々は空に咲くためにいる」という意味らしい。悪くない。私もここへ咲いて散るためにきたのだから。

軍服姿の私は違和感が凄《すご》かった。まさに服に着られているという表現がピッタリである。

そんな軍服を着慣れていないのがバレバレな私は、まず基地司令官室で司令官のズミィオ少佐に挨拶《あいさつ》をした。ズミィオ少佐は30代半ばの小柄な男性で言動の1つ1つに気取った感じがする人物であった。はっきりいって、とても鼻に付いた。

次に戦闘団の隊長であり、私の直属の上官となるカノー大尉と会った。

カノー大尉は20代後半で、全体的に精悍《せいかん》でワイルドな感じのする人だった。私はこの人を「隊長」と呼ぶようにした。

ズミィオ少佐に呼び出されて司令官室に隊長が現れた途端、室内の空気が張り詰めた。私は直感で、この2人は非常に仲が悪いのではないか、と感じ取った。

ズミィオ少佐はニタニタとした笑みを浮かべながら私を隊長に紹介した。

「喜べ大尉。新しい戦闘機パイロットが来てくれたぞ。コロウ軍曹だ」

隊長は私を一瞥《いちべつ》しただけで押し黙っていた。一言も発しない。沈黙が続く。場が変な空気になった。

「君は私が冗談でも言っていると思っているようだが間違いなく事実だ。これが証拠だ」

ズミィオ少佐はぞんざいに書類を隊長へ向けて放った。書類は無駄に豪華な執務机の上を滑って隊長の目の前で止まった。

隊長は書類を手に取り、目を通した。それから私と書類を交互に見比べた。

「20歳？　そのナリで？　マジかよ？」

不躾《ぶしつけ》であったが隊長の発言は、ごもっともだった。どう贔屓目《ひいきめ》に見ても私は20歳には見えなかった。小柄で若過ぎた。そして実際に20歳ではなかった。けど私は「20歳だ。何か文句あるか」という態度で毅然《きぜん》としていた。

「どうだね大尉？　理解してもらえたかね」

「……理解しました。理解した上で承服できません」

「なんだと」

ズミィオ少佐のにやけ面が怒気をはらんだ表情に変化した。

「こんな若い女性を戦闘機に乗せて戦わせようだなんて、どうかしてます」

隊長の言葉にズミィオ少佐は激高した。

「カノー！　貴様という奴は、いつもいつも平気な顔で命令に刃向かいおって！　どうかしているのはお前の方だ！　ちょっとくらい実績を出しているからって調子に乗るなよ！　またしても本部に対する私の面子《メンツ》を潰《つぶ》すつもりなのか！」

ズミィオ少佐は完全に感情的になってしまった。このままでは話がまとまらなくなってしまいそうであった。そこで私はさらに何か吠《ほ》えようとしたズミィオ少佐より先に会話へ割り込んだ。断られる訳にはいかないのである。なんとしてでも私は戦わなければならない。

「カノー隊長。発言をお許しいただけますでしょうか」

「何だ」

「我が国の徴兵年齢は18歳です。私はこれを満たしております。戦闘機の操縦訓練課程も御覧の書類に記載されているように修了しています。必要な条件はすべて満たされております。軍規に女性がパイロットになってはいけないと書いてはありません。隊長が私のことをお認めにならないのは自分の主義に合わないからという一事だけと思われます。軍人としての常識で判断するならば間違っているのは隊長であると私は考えます」

私は隊長と睨《にら》み合いになった。隊長の目は凄味があってとても怖かったが、私はがんばった。

ズミィオ少佐が上擦った声で言った。

「コロウ軍曹の言う通りだぞ、大尉！　彼女を使うのだ！　これは本部からの厳命だ！　これまで色々と貴様に譲ってきてやった私だが、今回は絶対に譲らん！　絶対にだ！　大尉！　命令に従え！」

隊長はズミィオ少佐を睨んだ。

ズミィオ少佐は気圧《けお》されたが、必死になって言葉を絞り出した。

「以上だ大尉！　では行け！　彼女に機体を与え、今日中にでも出撃可能にしろ！」

私と隊長は司令官室から追い出された。廊下で2人きりになると隊長は肩を竦《すく》め無言のまま、歩き出す。私は隊長の前へ回り込み、深々と頭を下げ侘《わ》びた。

「隊長、先ほどは大変失礼をいたしました。隊長の御高名はかねがね承っております。私如《ごと》き青二才が意見していい相手ではないことは重々承知していましたが、どうしても私は戦いたいのです。敵を撃ち墜としてやりたいのです」

私は目をギラギラさせて勢いよく主張した。

「お前、尖《とが》ってやがんな」

隊長は感心したように「ふうむ」と唸《うな》ってから「付いて来い。基地を案内してやる」と言った。とりあえず私がここにいるのを認めてくれたようだった。

「はい！　よろしくお願いします！」

私は再び頭を下げた。

「では、まずどこから行こうか」

隊長は直立の姿勢でいる私の姿を頭のてっぺんからつま先まで無遠慮に見回した。それから徐《おもむろ》に私の二の腕を両方ともむんずと掴《つか》み、持ち上げ、上下に揺すった。戸惑っている私を無視して隊長は言った。

「軽い、軽過ぎる。中身はちゃんと詰まっているのか？　なんだ、この発育不良は。体が全くできあがっていない。あまりにも痩《や》せっぽちだ。お前、メシはしっかり食っているか？」

「えっと、必要最低限は……」

中身が詰まっているのか疑問視された私がキョトンとしながら答えると、

「お前に急ぎ必要なのはメシだな。戦闘機乗りは体が資本だ。まずメシをたくさん食って体を作れ。パイロットは食事が優遇されているから、いくらでも食える。よし、決めた。基地の食堂行くぞ」

昼の食事は既に済ましていたが、私は無理矢理、食堂へと連れていかれ、死ぬほど食わされた。この日記を書いている今もお腹《なか》がいっぱいだ。

追伸：驚くべきことにパイロットの食事には必ず生卵が1個付いてくるそうだ。なんということだろう！　ごはんがもう1杯、いけてしまうではないか！

［イ歴1078年4月21日］

基地での生活2日目。

出撃はまだない。それどころか自分の機体も与えられていない。

先輩方は初の女戦闘機乗りである私に興味津々なようで頻《しき》りに話しかけてくる。

私は自分からは喋《しゃべ》ろうとしない。そんな口数の少ない私に愛想を尽かすこともなく、多くの先輩方が基地のことについて色々と話してくれた。そうして聞いた中で異口同音だったのが「司令官のズミィオはクズ野郎だ」という話である。

皆、敬称なしで呼び捨てにしているので私も以後、この日記で敬称なしにしておく。

ズミィオがクズ野郎であるエピソードを山ほど聞かされた。その中で際立《きわだ》っているものを1つ、ここに記しておく。

ある時、ズミィオはカノー隊長に『人員損耗率《じんいんそんもうりつ》』の増加を求めたそうである。人員損耗率とは出撃したパイロット達が、どれだけ死傷したかを表す数値だ。低ければ低いほど好ましい数値であるのに、ズミィオはこれを増やせというのだ。

なぜ、そんな訳のわからないことを言い出したのか。

その理由は『本部』にある。

本部とは現在コクト国にいくつも存在する戦闘団の上位に位置する、いわば総司令部である。

本部は各戦闘団の戦果評価を行っている。戦果評価項目には迎撃成功率や敵機撃墜数などがあり、人員損耗率もこれに含まれている。人員損耗率は通常であれば低いとプラス評価になる。けれども今の本部では人員損耗率が低いとマイナス評価を付けられてしまうのであった。

このふざけた判定基準は現国家元首ツラマが決定していた。ツラマは「人員損耗率が高いということは、それだけ命を捨てて国のために戦っているということだ。逆に低いということは命惜しさに怠慢を働いているに違いない。きっと出撃しても戦わず、敵のいない場所をフラフラ飛び回っているのだろう」と決めつけてしまったそうである。よって人員損耗率が高いとプラス評価になるのであった。

第42戦闘団・空咲部隊は迎撃成功率や撃墜数に関してはトップである。でも人員損耗率は低さでトップだった。よって第42戦闘団基地司令官であるズミィオは、本部よりその点を糾弾されてしまったのであった。

ズミィオは本部からの謂《いわ》れのない非難を毅然と突っぱねるべきだった。怠慢などない。人員損耗率が低いのは空咲部隊の努力の賜物《たまもの》なのだ。けど上層部からの評価に執着し、そのためならば部下の犠牲など一顧《いっこ》だにしないズミィオは高評価を得たいがために本部へ一切反論せず、隊長に人員損耗率の上昇を命じたのである。

もちろん隊長は、この命令を一蹴した。

このようなことが度々あるので、隊長とズミィオの仲は最悪だそうだ。

「2人は日々、相当ぶつかり合っているのでしょうね」

私が尋ねると先輩方は嘲弄《ちょうろう》の笑みを浮かべた。

「ぶつかり合いなんて起こらないよ。格が違い過ぎるからね。隊長はズミィオのことなんて歯牙にもかけない」

「それで部隊の運営に支障は出ないのですか？」

「全く出ないね。すべては隊長が取り仕切っているから。ズミィオは何もしていない。あいつは本部からのアホな命令を垂れ流すだけの目障《めざわ》りな人型通信機さ」

ゲラゲラと先輩方は笑っていた。

追伸：先日、隊長は本来なら休暇であったそうだ。久しぶりの休暇で隊長は奥さんとお子さんに会う予定だったのに、私の着任を理由にしてズミィオがそれを潰してしまったのだ。私は嫌がらせのダシに使われた。私の責任ではないが、なんだか申し訳なく思う。

［イ歴1078年4月27日］

本日、ついに自分の機体を与えられた。

私の『快音』だ。

快音はコクト国の主力単発戦闘機MA22・2型の名前。速度、上昇力、旋回性、航続距離が非常に高い水準でまとまっている。とてもいい機体だ。そして美しい機体だ。私は好きだ。

機体番号は黒の184番。洗練されたその姿に惚《ほ》れ惚《ぼ》れする。たっぷりと可愛《かわい》がってあげよう。私の死出の旅のお供になってくれるのだから。

機体が与えられたことにより、明日から私も出撃することが決まった。

隊長から「生き残りたければ『空戦十則』を厳守しろ。決して破るな」と言われた。

私は生き残る訳にもいかないので、こう言われると戸惑いを覚えてしまう。

空戦十則とは、戦争で飛行機が使用されるようになってから勝利を得るための研究が行われ、その結果、まとめられた10個の原則である。空戦十則を頭に叩き込むため、食堂やトイレの壁など、ありとあらゆる所に掲げられている。

どのような内容かというと以下である。

①敵の白目が見分けられるまで接近し短い射撃をせよ
②射撃中は照準器に全身神経を集中せよ
③常に周囲を見張れ、全神経を使って警戒せよ
④高度が高いのは有利である
⑤常に旋回し敵に正対するようにせよ
⑥即時に決心せよ
⑦戦闘空域では30秒以上水平直線飛行をしてはならない
⑧攻撃のため降下する時は編隊の一部を上空掩護として残せ
⑨主導権、積極性、飛行規律及びチームワークが空中戦ではものをいう
⑩素早く躍り込め、しこたま撃ち込め、さっさとずらかれ

10個しかないので守るのは簡単そうに思える。けど、いざ実戦となると破ってしまうそうだ。なぜならパニックに陥ってしまうから。新人は言わずもがな、ベテランですらそうなってしまう時があるとのことだ。

果たして私は守ることができるだろうか。

考えても仕方がない。

その時になれば結果は自ずと判明する。ウダウダしていないで今日は早めに寝るとしよう。

追伸：日記を閉じようとして、はたと私はあることに気づき再びペンを取ってこの追伸を書いている。明日、敵機の来襲があったなら私は死ぬかもしれない。

新人は初陣で戦場には出ても、実際に敵と戦うことは部隊規則で禁じられている。でも何が起こるかわからないのが戦場の常だ。

もし死んだなら、この4月27日付のページが私の最後の日記となる。何か遺言めいたことを書き残しておくべきではないかと私は思ったのだ。

と、ここまで書いて私は再び思う。無駄だ、と。遺言を残したい相手はいる。けれど、この日記に残したところで、その相手に届くことはないだろう。

［イ歴1078年4月29日］

デビュー戦で1機撃墜を果たした私は基地内で注目の的になっている。規則を守らなかったので先輩方から注意されると思っていたのだが、そうはならなかった。みんな「やるじゃない」『やるじゃない」と私を褒めてくる。

これはよくない。

他の新人まで規則を破り出したらどうするつもりなのだ、って私が言うなってか。

どうやら私は「あんな小娘に何ができる。どうせ何もできやしない。すぐに逃げ出すだろ」と侮られていたらしい。当然といえば当然の評価だ。だが私は、その評価を覆してみせたのだ。けれども居心地が悪くなってしまった。私はあまり目立ちたくないのだ。どうせすぐに消え去る身なのだから。いなくなっても何とも思われない存在感のない存在でいたい。

追伸：変な渾名《あだな》を付けられてしまった。男子という生物はすぐに渾名をつけたがる。『規則破りのコロウ』、それが私の渾名《あだな》だ。汚名だ。ならず者みたいではないか。絶対に返上してやる。

［イ歴１０７８年5月5日］

今日は出過ぎた真似をして墓穴を掘ってしまった。

格納庫で1機の快音がエンジントラブルに見舞われている場面に私は出会《でくわ》した。回転が安定せず、異音を発している。エンジンが不具合を生じている状態で出撃させることはできない。整備員達が集まり、色々と手を加えてはいるが、どうしても直らない。これはもうエンジン自体を丸ごと交換するしかないという結論になった。けど敵の爆撃によって工場が被害を受けており、新しいエンジンを取り寄せるには時間がかかってしまう。稼動可能な戦闘機が減るのは戦力の低下を意味し、部隊にとって死活問題である。

そうした状況を目にして、止《や》めておけばよかったのに私の性分がうずいてしまった。

私は「ちょっと見せて欲しい」と声をかけ、エンジンカバーを開けて中を覗いた。完全に諦《あきら》めムードだった整備員達は私の好きにさせてくれた。30分ほど作業をして、コックピットに移動し、エンジンを始動させると、これまでの不調が嘘《うそ》であったかのように、快調に回転を始めた。整備員達から驚きの声が上がった。

諸事情により義務教育すら満了していない私であるが『蒼航工学《そうこう》』は修めているのである。

蒼航工学とは、人類が空を飛ぶための技術の集大成となっている学問である。蒼航工学は

『蒼《あお》の賢者』と呼ばれる11人の偉才によって開かれ、一切の飛行機はこの蒼航工学に基づき設計されているのだ。

一言で蒼航工学といっても、空力学・構造学・材料学・流体学・制御学など様々な科学技術の知識で構成されており、その関係する分野は多彩である。けれども私は、それらをすべて把握している。1人で飛行機を丸々設計できてしまう学識を有している。こう言っちゃ何だが、頭の良さには自信があるのだ。学校に通っていた当時は実際に周囲から天才と呼ばれていた。

私は整備員達でもお手上げだった快音の故障を直してみせた。快音は私に蒼航工学を叩き込んだ師匠の作品なので、特に詳しいのだ。ネジの1本に至るまで精通している。

人の役に立つことができ、私は喜ばしく思った。

しかし失敗してしまった。

迂闊《うかつ》にも一部始終を隊長に目撃されてしまったのである。

「コロウ、お前、そんな腕があるのなら、こっちでいいんじゃね」

隊長はそう言った。

しまった、と私は思った。戦闘機から降ろされ、整備員として銃後へ回されてしまう。それでは駄目なのだ。

奴が納得しない。

私は最も死ぬ確率が高い最前線にいなければならないのだ。

「偶然です！　たまたまです！　私に修理の技量などありません。私の力が発揮できるのは直接、敵機とまみえる戦場のみです！」

一方的にまくし立てて私は逃げるようにしてその場から離れた。

隊長が私の転属願いを出さないことを切に願う。

［イ歴1078年5月26日］

私に新しい渾名が付いた。『困った時のコロウ』だ。

これは整備員達の間だけで使われている、いわば裏渾名だ。そのため、汚名・規則破りのコロウと入れ替わってくれない。無念。もっとも、困った時のコロウもあまりいい渾名ではないが。

エンジントラブルを修理して以来、整備員達で、どうしても直せない故障が発生した時に、私が呼び出されるようになってしまった。それで付いた渾名だ。あの時、私は「偶然直った」と言い張ったのだが、プロである整備員達の目はごまかせなかったのだ。

やるべきではないのだが、誰かの支えになれることは好きだし、また、機体の故障は、ひいては人の生死にも係わってくることなので断る訳にもいかない。そのため結局手伝っているのだが、カノー隊長にこのことが知られるのはマズいので、内密にしてもらっている。よって裏渾名になったのだ。

ただ、呼び出されるといってもあくまで、直せない故障の時だけなので頻度は少ない。整備員達にもプライドがある。自分達だけで何とかしようと最大限の努力をしているが、技術的、時間的に限界を迎えた場合にのみ私を頼ってくる。

整備員達は私の作業を熱心に見て学び、メモを取り、同じことで二度と私を呼び出すことはない。それどころか学んだことを応用して修理の腕を上げている。技術者として彼らはとても真面目《まじめ》で責任感が強い。自分の整備不良でパイロットを死なせてしまったなら、きっと彼らは自殺するだろう。

追伸：隊長が「なんだか最近、急に戦闘機の稼働率が上がったんだよな。整備部に理由を尋ねてもはぐらかされんだ。なんでだろ?」と首を傾《かし》げていた。

私は聞こえない振りをした。

［イ歴1078年6月5日］

とても怖い目に遭った。久しぶりに泣いてしまった。


本日、私は夜間迎撃当番だった。

敵爆撃機は日中だけでなく夜も容赦なく攻めてくるので、こうした当番があるのだ。

私は滑走路のすぐ傍《そば》に建てられている待機所にいた。

待機所は迎撃当番の搭乗員達が控えるための場所である。敵機襲来の報があれば直ちに自機へと駆け付け出撃する。空咲部隊では、当番の者は待機所の中にいなければいけないという規則はない。近くにさえいればよいので、外で運動する人や愛機の下で寝ている人などもいる。

待機所で私は新聞を読んでいた。

しばらくすると同じく迎撃当番であるカノー隊長が現れた。私が敬礼すると
「コロウ、今日は良い夜だ。月が綺麗だし空気も澄んでいる。これは敵が来る夜だぞ」

隊長はお茶を入れ、椅子に腰を下ろし、すすった。

「新聞なんて読んで面白《おもしろ》いかい？　デマしか書いてないだろ」

「デマばっかりなのが、逆に面白いです」と私は答えた。

マスコミは完全に政府の言論統制下にあるので平然とガセを掲載する。私の読んでいる新聞

の見出しは「戦況優勢！　勝利は間近！」であった。空を見上げれば連日、敵の爆撃機が飛来している。勝っている国の状況じゃないのは明らかだ。

新聞の内容が偽りであることは国民全員がわかっている。けれどもそれを公然と口にする者はいない。ツラマ直属の超法規的存在である秘密警察に聞かれでもしたら処分されてしまうからだ。

私が新聞の次のページをめくろうとした時、突然けたたましい警報が基地内に鳴り響いた。敵機襲来を告げる警報である。早速、隊長の予想が的中したのだ。

私は急いで待機所から飛び出す。他の当直パイロット達が、あちらこちらから現れて自機へと乗り込んでいく。整備員達が戦闘機のエンジンに火を入れ、爆音が基地内に充満する。私は滑走路より飛び立ち、夜空を昇っていく。

出撃した機体は、すべて通常仕様の快音だ。突撃用の重装快音はいない。なぜ重装快音がいないのかというと、夜間戦闘において敵爆撃編隊はバトルボックスを使用してこないからである。バトルボックスでないなら運動性能の悪化している重装快音を使う必要はない。

敵の夜間爆撃の戦法は日中とは違っている。敵は編隊を組まず、単機またはルーズな集団で目標上空に流れ込んできて爆撃を行うという戦法をとるのだ。これは、夜は暗く視界不良のため編隊が組めないからである。けれども敵にバトルボックスを組めないことによるリスクはない。なぜなら、こちら側も同様に視界不良なので相手の発見が難しくなり迎撃が至難となるからだ。

《北北東に感あり》

管制塔から無線が入り、レーダーが探知した敵機の位置を知らせてくる。でも、これは大まかなものでしかない。現在のレーダーは敵の存在を補足しても、その正確な位置や高度を割り出すまでの精度はないのだ。だからパイロット達は、おおよその位置まで管制塔に誘導してもらい、後は己の目だけを頼りとして敵機を探すしかないのである。

今回の敵の目標は製鉄所の密集している工場地帯のようであった。たくさんの民間人が働いている場所でもある。なんとしても阻止しなければならない。

空咲部隊は一直線に工場地帯へと向かう。前方に地上から上空へと伸びる幾条もの光の柱が見えた。工場地帯を守護する高射砲部隊のサーチライトである。サーチライトはしきりに夜空を舐《な》め回している。敵機の姿を捉《とら》えようと必死になっているのだ。

《各機散開、闇《やみ》に隠れるパスファインダーを見つけ出せ》

隊長から指示が飛ぶ。

敵の夜間爆撃には段階がある。

まずパスファインダーという役目を担った1機の爆撃機が先行して目標上空に侵入してくる。パスファインダーは照明弾を投下して僚機に爆撃目標位置を正確に知らせる。その照明弾を基に後続の爆撃機は殺到し、爆弾投下が行われる。

パスファインダーは照明弾投下後、マスターボマーという役目を担う。マスターボマーは目標上空に滞空して仲間の爆撃機に適切な侵入経路、または爆撃地点を指示する。そして最後に与えた損害を確認し、シメとしてずっと腹に抱えていた大型2トン爆弾を投下して去っていくのであった。

以上のような流れによって夜間爆撃は一段と精密かつ集中的な爆撃効果を発揮するのだ。よって迎え撃つ側が最優先目標としなければならないのはパスファインダーである。パスファインダーが照明弾を投下する前にこれを撃墜または撃退することができれば、敵爆撃機部隊はそのまま引き返すか、適当な場所に爆弾を落とすしかなくなり無力化されるのである。

私は目を見開き、機体を右へ左へと傾けてパスファインダーの姿を捜し求めた。夜間飛行は盲目に近い。何も見えない。灯火を点《つ》けていれば見つけられるがパスファインダーは当然これを消している。そうした場合、よほど敵機に接近しなければ、その姿を視認することは不可能だ。

機影はなかなか見つからなかった。このまま闇雲に探しても埒《らち》が明かないと考えた私は高射砲部隊のサーチライトの配置を確認し、どの方向からの侵入がもっとも捕捉されづらいのか推測してみた。敵はそうした所から来るはずである。工場地帯をぐるりと1周して当たりを付けた私は機首をそちらへと向けた。

そして私はパスファインダーを発見した。夜空には綺麗な月が出ていたのだが、その月明かりの中を黒い影が横切ったのである。大きさからして味方の戦闘機ではない。爆撃機クラスである。パスファインダーだ。

「我、パスファインダーを発見せり」

私は味方に無線を飛ばし、敵の針路へ急行した。けれども向かった先には底のない闇が漂っているだけだった。敵機の姿を見失ってしまったが、この辺りにいるのは間違いない。闇を見透かそうと目を凝らすが何も見えてこない。それならばと私は敵の位置に見当を付けて、そこへ射撃を行った。曳光弾が光跡を残して暗闇《くらやみ》に呑《の》み込まれていく。手応えなし。私は何度も射撃地点に修正を加えて銃弾を送り込んだ。機首を振って銃撃し、弾丸を広範囲にばら撒《ま》く。

すると不意に、とある一点で火花が散った。すかさず同じ場所に銃撃を行うと、また火花が出て今度は小さな炎が闇の中に浮かび上がってきた。見つけた。私の攻撃により敵機に火災が発生したのだ。私はパスファインダーを捕捉し、その位置を明らかにすることに成功した。

パスファインダーはエンジン2基のガレス製双発爆撃機『H6』B型である。

H6はH7・飛翔する巨人に主力爆撃機の座を奪われた旧式機体であった。H7より性能が劣るが、視界不良のため銃撃戦がほとんど行われない夜間戦闘であれば十分活用可能と考えられ、夜間爆撃仕様であるB型へと改修された機種である。

H6B型は夜闇の中から、その姿を暴《あば》いてさえしまえば、迎撃する側にとって与《くみ》し易《やす》い相手だ。

私はパスファインダーがそこにいることを示す小さな炎目掛けて発砲した。しかし引金を引いても弾が出ない。残弾表示計は0を指していた。敵の位置を探るのに弾丸を使い切ってしまったのだ。

敵の進行方向には左右に振られるサーチライトの柱が見えた。工場地帯は近い。敵機はパスファインダーとしての役割を果たそうとしている。マズい状況だった。

私は敵機を追跡し、無線で味方に位置情報を伝えた。けど味方機はパスファインダーを発見できないでいる。間もなくパスファインダーはサーチライトの帯をくぐって目標地点に突入しようとしている。照明弾が投下されれば一巻の終わりだ。

ついにその時が来たんだな、と私は思った。

この空咲部隊に来て1か月半、そろそろ潮時だった。

「これで自分はこの世から消える。奴も満足するはずだ。……約束をちゃんと守ってくれればいいけど」

私は小さな溜《た》め息《いき》をついて脱力し、座席に深くもたれかかった。しばし瞑目《めいもく》した後、カッと目を見開き、前方の敵機を睨んだ。

「母さん、ごめんなさい」

私は母に一言詫《わ》びてから快音のエンジンを全開にした。操縦桿《そうじゅうかん》を握る右手が震えた。震えを押さえるために左手を添える。震えは収まらなかった。なぜなら左手もまた震えていたから。

加速した機体はパスファインダーへと接近した。パスファインダー後部にある銃座の真ん前へ躍り出る。驚いた敵機銃手が発砲する。夜空に盛大なマズルフラッシュが瞬く。それが目印となった。《見つけた！》との仲間の声が無線から聞こえてくる。

私は自らが撃たれることによって周囲にパスファインダーの位置を示したのであった。生《い》け贄《にえ》となったのである。

私の機体はエンジン部にしこたま被弾してしまった。推進力が低下し、脱落していく。私は左手で頭から顔、右肩から胸、腹、下腹部、両腿《りょうもも》へと撫《な》でていった。そして左手の手のひらを凝視した。血は付いていなかった。あれだけ至近距離から銃撃されたというのに私は無傷だった。

そのまま辛うじて飛行を続けていると無線から隊長の声が聞こえた。

《コロウ！　おい、コロウ！》

「隊長！　パスファインダーはどうなりましたか⁉」

私が急いで尋ねると《追い払った。照明弾は投下されていない》との返答があった。

「そうですか。よかった」

捨て身の手段は成功したのだ。私は安堵《あんど》した。

私は無事であったが機体は致命的な損傷を負っていた。震動が尋常でなく、体が座席から浮き上がりそうであった。３枚あるプロペラのブレードが破損し、バランスを失い、震動を引き起こしていた。主翼も欠けていた。この機体で飛行を続けるのは不可能だった。墜落は時間の問題だ。
《コロウ！　早く脱出しろ！　その機体はもう駄目だ！》
「隊長、それはできません」
私は掠《かす》れた声で応答した。
《コロウ、どうした？　動けないほどの大怪我《けが》をしたのか？　それとも機体が破損してコックピットから抜け出せないのか？》
今さら嘘で取り繕っても無意味なので私は正直に答えた。
「違います。私はこのまま墜ちます。それが私の望みなのです」
《墜ちるのが望み……だと……何の冗談だ？》
「……」
《本気で言っているのか？》
会話に一瞬の間が空いた。
《……コロウ、貴様いったいどういうつもりだ》
隊長の声音が底冷えするほど冷たくなった。
《かねてから薄々感付いてはいたが、俺は今はっきりと確信したぞ。コロウ、貴様は死にたがりだな》

私は沈黙した。

御名答だ。

《先ほど自ら撃たれにいったのもそうだ。あんな危険な真似をして》

どうやら私の行動は見られていたらしい。

「隊長、短い間でしたがお世話になりました」

私は一方的に別離の言葉を伝え、機体の震動は相変わらず激しく、安らかな最期ではないが仕方なかった。追い詰められた末に選ばざるを得ない道ではあったが、自分で選んだ道には違いない。それで満足しなければと思った。私は目を閉じて操縦桿から手を離そうとした。

その時であった。

風防の天井《てんじょう》部分に何かが接触した。ガンガンと接触は繰り返される。被弾によって天井部は細かいヒビで曇り、外の様子を視認することができなくなっていた。不審に感じ、私は風防を開けてみた。強風が機内に流れ込んでくる。開けた途端、私は思わず素《す》っ頓狂《とんきょう》な声を出してしまった。

人と目が合った。

なんとすぐ外に隊長がいたのだ。

隊長の快音が私の真上で背面飛行していたのである。逆さ状態の隊長が見上げる形で私を見下ろしていた。

隊長は狭いコックピット内で器用に回転すると、懸垂《けんすい》するようにして機体にぶら下がった。

こちらへ飛び降りようとしている。

私は慌てて無線のスイッチを入れた。

「隊長！　危ないです！　何をしているのですか！　離れてください！」

いくら私が呼びかけても隊長は止めようとしなかった。飛び降りるタイミングを見計らっている。

《コロウ、お前のような使える奴をこんな所で失って堪《たま》るかよ。操縦技術はベテラン顔負けだし、どこで学んだのかは知らんが技術面でも隊に大きく貢献してくれている。知ってんだぞ、お前が整備部を手伝ってんのを。だからもったいねえんだよ。お前がいれば、どれだけの国民を守れると思っているんだ》

「……隊長」

《この隊に来たからには、お前がどう死ぬかは俺が決める》

隊長はパイロットの命をとても大切にする人だった。そのために腐心し、3段落としなど様々な手段を講じ、全戦闘団の中で最も低い人員損耗率を実現している。

『死なさずのカノー』と呼ばれるぐらいだ。

けれども隊長がパイロットを大事にするのは、パイロット自体のためではない。すべてはコクト国民の生命を敵の爆撃から守るためである。国民を守るためには爆撃機と戦うパイロットが必要だ。ゆえにパイロットを生かす。可能な限り生かし、育て、長持ちさせ、敵と戦わせ続けて国民を守る。

つまり『パイロット1人の命と引き換えに、できるだけ多くの国民を救う』ということである。これこそが隊長の信念だ。隊長は、この信念をパイロット達へ公言している。

隊長曰く「俺がやるべきはお前らを死なさないことではない。お前らの命の価値を最大化することだ」と。

言われたパイロット達は「カノーさんは死にがいを与えてくれる」「あの人は我々の命を無駄なく使い尽くしてくれる」「満足してカッコよく死ねる」などと喜んで受け入れている。

他の戦闘団では本部からの愚かな命令や圧力に翻弄されて、訳がわからないまま犬死にさせられてしまうパイロットがいるそうだ。それに比べればカノー隊長の部下として彼の信念に基づき戦えることはパイロットとして本望だろう。

でも、よりにもよって奴はなぜ、私を隊長のような人が率いる部隊へ放り込んだのだろうか。おそらく考えなしで適当にやっただけだろうと思うが。

隊長はこの国の人々にとって必要不可欠な存在だ。そのような人が、このままでは自分の道連れとなってしまう。それは駄目だった。

私は止むなく死を諦めた。

「わかりました。わかりましたから隊長。自分で生き残るための努力をします。飛び移ろうなんてしないでください。あなたが死んでしまいます」

隊長はぶら下がったまま《本当か？》と尋ねてきたので「本当です」と返す。

「落下傘で脱出できる最低高度を既に下回ってしまいました。どうすればいいのか指示お願いします」

《よし、これから一番近い基地まで誘導する。この辺で不時着できるのはそこしかない。そこまで気合で機体を持たせろ。お前ならできんだろ》

無茶を言う、と思ったが従うしかなかった。

隊長は腕の力で体を持ち上げ、再び機体のコックピットに収まると、私を先導しながら最寄りの第16戦闘団基地へ無線で救援を請い、緊急着陸の準備を依頼した。

私の機体は何度も制御不能に陥りそうになったが、かろうじて耐え、基地まで持った。主脚を出し着陸態勢に入る。推進力が不安定なため機体が地面と数回バウンドしたが、どうにか着地する。もう大丈夫と思われた瞬間、プロペラのブレードがもげた。もげたブレードは滑走路に突き刺さり、右主脚がそれとぶつかる。右主脚は折れ、体勢を崩した機体はひっくり返ってしまった。反転した姿勢のまま100メートルほど火花を散らしながら滑走し、ようやく停止する。

逆さま状態の機体から私はモソモソと這《は》い出した。立ち上がり衣服の汚れを払う。またしても怪我はなかった。

私は一息つき、正面を見た。その途端、私は硬直してしまった。目前に隊長が仁王立《におうだ》ちしていたのだ。

隊長が怒っているのは一目瞭然だった。その表情は平時と何ら変わらない。けど、その体から発せられている怒気は凄《すさ》まじく、私には怒りのオーラによって隊長の周囲の空間が歪《ゆが》んでいるように感じられた。

私はすくみ上がってしまった。震えと冷や汗が止まらない。「カノー隊長は怒らせるとウルトラ怖い」という噂《うわさ》は真実なのだと身を以《もっ》て思い知った。自分で言うのもなんだが私は度胸がある方なので人間相手にビビらされたのは、これまで母親を本気で怒らせた時ぐらいしかなかった。

「コロウ、貴様、自殺志願者か？」

「違います」

どうにか震えを抑え、私は答える。

「自ら望んではないんだな。だったら、死にたがりでなければならない境遇に追い込まれているってことだな」

私は沈黙する。

「よし、俺が助けてやる。事情を言え」

「……言えません」

隊長から放出される尋常でないプレッシャーに晒され、私は危うくすべてを白状してしまいそうになったが、どうにか耐えた。断じて事情を他者に話す訳にはいかないのだ。

「確かに私は死にたがりです。ですが、その理由を明かすことは絶対にできません」

「ならば今後、一切の出撃を禁じる。貴様を二度と戦場には出さん」

「そうなったら自害するしかなくなります」

そう決然として言い放つと隊長は顔をしかめた。私が本気であるのが伝わったようだ。

「コロウ、事情を言え」

「言えません」

断固、私は拒否を続ける。

「言ったところで何もできやしません」

私の、その言葉に隊長はカチンと来たらしく「ああん？」とガラ悪く恫喝《どうかつ》するように唸った。その様子に、ちょっとだけ隊長の地を垣間《かいま》見《み》た気がした。

「何だその言い草は。まるで内容次第で、俺がお前を見捨てるような言い方だな。なめんじゃねえぞ。俺はお前を助けるって決めたんだよ。決めたからにはやるんだよ。事情を聞いてから、助けるのを止めるとか、そんなカッコ悪い真似はしねえんだよ」

隊長は眼光鋭く私を睨みつけた。超怖かった。確かに隊長ほどの男なら、どんな巨大な相手であっても挑んでくれるに違いない。しかし、それでは私が困る。誰も巻き込みたくないのだ。誰も不幸にはしたくないのである。

「言えません」

私は尚《なお》も拒否する。

「言えやこのアマ」

口を割らせようと隊長が私に迫る。

「嫌です」

私はそこで限界を迎えた。隊長のおっかなさに、それ以上、耐えられなくなってしまったのだ。不覚にも私は泣いてしまった。我慢しようとしたが大粒の涙が目からポロポロとこぼれてしまった。

「泣くのはズルい」

隊長はバツの悪い表情を浮かべて追及するのを止めてくれた。

［イ歴1078年6月6日］

今日は朝から1日中、自機の修理に没頭した。昨日のことで大破した私の愛機が修理不可と判断され、スクラップにされそうだったのだ。

私の無理心中が原因であり、その上、私が生き残って、この子だけが死んでしまうのは絶対に駄目だ。私は整備部に頼み込んでパーツを分けてもらい、愛機を復活させるため全力を注《そそ》いだ。

整備員達の助力もあったおかげで、どうにかこの子に再び空で戦わせてあげられる目処《めど》が立った。本当によかった。

追伸：私が隊長に泣かされたことは既に基地中の噂になっている。そのため隊長に変な渾名がついた。

『コロウ泣かしのカノー』だ。

隊長にとっては迷惑だろうし、私も恥ずかしい。そして私が死のうとしたことも広まっており、私の渾名は更新された。

『死にたがりのコロウ』だ。

［イ歴1078年6月7日］

本日、私はカノー隊長に呼び出された。用件は事前に推察できた。今後の私の出撃に関することだろう。私の死にたがりがバレてしまったから。

パイロットの命を最大限有効活用する隊長にとって、私のような死にたがりは、その主義に反する。どのように処遇するつもりなのだろうか、と考えながら部屋を訪れると隊長以外にコクト国の2大撃墜王であるレーコ少尉とヨッガ少尉がいた。

レーコ少尉は如何《いか》にも優男《やさおとこ》といった風の人だ。こう言っちゃなんだが、とんだおふざけ野郎である。その言動には常に冗談が付随《ふずい》し、私は真面目な彼の姿を未《いま》だ見たことがない。

対してヨッガ少尉はシブい、激シブな人だ。おしゃべりおふざけレーコ少尉とは真逆で、無口で実直な性格をしている。軍紀を重んじ規則正しく、軍人の規範とも言える人なのだけど、何を楽しみに生きているのか疑問に感じてしまう節がある。あと、この人は全く笑わない。

2人のエースは入室してきた私を見て、レーコ少尉はニカッと笑い、ヨッガ少尉は無表情のままだった。

「いいか、よく聞けコロウ。以後、お前が出撃する時には俺ら3人の内、誰かが必ずお目付け役として一緒に出撃する。そしてお前が死んだら、そいつも一緒に死ぬ。わかったか」

隊長はそう言い放った。

私は仰天した。

お目付け役とは行動などを監視し取り締まる役柄のことである。

とんでもないことになってしまった。

これは脅迫だ。脅しだ。強引過ぎるやり口だ。

それでは易々と死ねなくなってしまうではないか。

死にたがりの面倒を見るなんて極めて厄介なことだ。そんな厄介事を背負ったというのに3人の男達は迷惑そうな素振りを一切見せなかった。ヨツガ少尉は平然としており、隊長とレーコ少尉に至っては、むしろ愉快そうにニヤニヤとしていた。

［イ歴1078年6月10日］

今日の私のお目付け役はレーコ少尉だった。

エースの名は伊達《だて》じゃなかった。出撃中ずっと、「お前を見張っているぞ」という気配がビンビン伝わってくる。私は一切、下手な真似をすることができなかった。

＊＊＊＊

レーコ少尉という人物について説明する。

コクト国軍で第2位の撃墜数を誇る実力者であるが、とても不真面目な男である。その不真面目さは彼が搭乗している機体にも表れている。レーコの快音・黒の16番の尾部にはメッセージが書かれている。これには自分の背後を取り、まさに銃弾を浴びせかけようとしている敵に読ませる意図がある。メッセージを書くという行為自体はレーコだけでなく、他のパイロット達も行っている。「撃つがよい」という潔いものから「見逃してちょうだい」という調子のいいものまで様々なメッセージが挙げられる。

レーコの機体には「俺を撃てば世界中の女が泣くから考え直せ」と書かれていた。

彼は空咲部隊に来る以前は素行が最悪であった。軍紀や時間は守らない、訓練もサボる、命令には刃向かう、などなど。中でも際立っているのが軍用電話回線私的流用事件である。上層部からの指示を受けるために引いてあった電話回線を彼が古い友人との馬鹿《ばか》話のために無断で長時間使用してしまったのである。そのため上層部からの指示が届かず、攻撃作戦が１つ潰れてしまったのであった。

この事件の裏事情をレーコ本人は以下のように語っている。

「あれはその攻撃作戦を潰すためにわざと回線を専用したのだ。当時、補給が滞っていた関係で、修理不完全の危険な状態の戦闘機しかなかった。離陸直後に墜落するのは明白であり、その機体で出撃するのは自殺行為同然だった。しかし上官はロクデナシだったので、命令が来れば出撃させるつもりだった。だから俺は回線を流用し、指示が届くのを阻止したのだ。１００％失敗する作戦を止めて無駄死にが出ないようにしてやったのだから、これは称賛されるべき行為だぜ」

そうした事件を起こしてもレーコが銃殺刑とならず戦闘機乗りを続けていられるのは、彼が『魔術師』の異名をとるほどの『射撃の天才』だからである。だが天才であっても、その素行不良が災いして上官の不興を買い、１つの場所に留《とど》まっていられず、様々な部隊を転々とし、そしてこの第42戦闘団へと流れ着いたのであった。そこでカノーと出会った途端、急に素行が改まったのである。

「あいつを更生させるとは。一体どんな魔法を使ったのだ」と各方面から質問攻めにあった時、カノーはこう答えた。「最初からああだった」と。

素行が改まった理由を当の本人に聞けば、多弁な彼は滔々《とうとう》と語ってくれる。

それは戦局を逆転されて、ルシュウ国領内でコクト国侵略軍が潰走している時のことであった。

レーコの所属する部隊に敗走中の陸軍を航空支援するよう命令が下った。部隊は出撃したのだが、目標地点に着く前に彼の僚機達は次々とエンジンや油圧系統のトラブルに見舞われ、引き返していった。そして終いにはレーコ1機となってしまった。

単機となってしまったレーコであったが、彼は己の腕に絶対的な自信があり、1人で何とかできると任務の続行を勝手に決めてしまった。

これが大いなる不幸の始まりであった。

その日はレーコの戦闘機乗り人生の中で、もっともツいていない日だったのである。

僚機がすべて脱落してしまったのは、災いの前触れであったのだ。

間もなくして彼は敵戦闘機部隊と接触し、空戦へと突入した。すると、いきなり自機の2センチ機関砲が2門とも故障してしまったのだ。どんなに足掻《あが》いても機関砲はウンともスンともいわない。仕方ないので13ミリ機銃で交戦する。彼の射撃技術はいつも通り冴《さ》えていた。6機いる敵機に次々と命中弾を与えていく。しかし敵機は一向に墜ちなかった。着弾の火花が散り、破片が飛び散っているので命中しているのは間違いないのだが、平然と飛行し、反撃してくるのである。よほど当たり所が悪いのだ。

レーコはだんだんイライラしてしまい、その苛立《いらだ》ちから操縦でミスを犯して敵弾を1発だけ喰らってしまった。たった1発であったが、その1発の敵弾は自機に甚大《じんだい》な事態をもたらした。エンジン部から黒煙が噴出して、完全に視界を閉ざしてしまったのである。

「不公平だ！　こちらは向こうより何百倍も命中させているんだぞ！」

レーコは無念のあまり大声で喚《わめ》いた。流石《さすが》の魔術師も視界を閉ざされてしまっては手も足もでない。屈辱だが逃げるしかなかった。損傷によって異質な音を奏《かな》でるエンジンをフルスロットルにして戦線からの離脱を図る。

当然、この機を逃すまいと敵は追撃してきた。

前方が全く見えない状態で計器類だけを頼りにレーコは死に物狂いで逃げ回った。

この俺様ともあろうものが、なんと無様な姿なのだろうか。彼は泣きたくなった。

与えた命中弾が今頃《いまごろ》効果を現したようで、敵は1機2機と追撃から脱落していった。だが最後の1機だけがどうしても喰らい付いて離れようとしない。エンジンの具合が悪化しており、自機の速度は徐々に落ちてきていた。とうとう敵機に追い付かれ、完全に後ろを取られる。敵の銃弾が自機に襲いかかり、背中に着弾の不気味な感触が伝わってきた。

「ちっ、仕方ねぇ」

レーコは機体から落下傘による脱出を決断した。下が味方の勢力圏内であることを願う。捕虜になるのは真っ平御免であった。彼はキャノピーに手をかけて開けようとした。しかし、いくら力を込めてもキャノピーはビクともしない。レーコは踏ん張りをきかせ、全身でキャノピーを開こうとしたが駄目だった。壊れていた。キャノピーは防弾ガラスなので、砕いて出ることも不可能であった。レーコは閉じ込められてしまったのである。こうなってしまうと機体は空飛ぶ棺桶であった。不時着という手段があるが、後ろの敵がそれを許さないだろうし、そもそも下は森林地帯のため着陸不可能であった。選択肢は敵に撃ち落されるか、エンジンが停止して地上に墜落するかのどちらかしかない。

「もうお手上げだい。好きにしてくれ」

レーコは諦めて、不貞腐《ふてくさ》れた。操縦桿を握らず、両腕を組んでどっかりと操縦席に腰を下ろし、目を閉じる。敵弾の音が大変不愉快であった。「ひと思いにやれ！」と叫びたくなってくる。だんだんと耐え切れなくなってきて、こうなれば自らの意思で地上に突っ込んでやろうかと考えた時、突然、周囲から敵弾の音が消えた。聞こえてくるのは自機の不調なエンジン音だけとなる。何が起こったのだろうか。ここまで追い詰めておいて敵が自分を見逃すはずがない。彼がいぶかしんでいると不意に無線が入ってきた。

《黒の16番、大丈夫か》

どうやらどこかの誰かが敵機を退け、自分を助けてくれたようである。レーコは無線に応じた。

「救援感謝する。けれども、せっかく助けてもらったが俺は御覧の通り、もうお終いだ」

彼の自暴自棄は続いていた。敵機はいなくなった。だからといって命が助かった訳ではない。死へのルートに撃墜死がなくなっただけの話だ。自機のエンジンは今にも止まりそうなのである。森林地帯は相変わらず広がり続けており不時着はできない。レーコは自身の絶望的状況を伝え、見ず知らずの味方に遺言として取って置きのジョークを託そうとした。

《あきらめるな》

それに対して、味方は励ましの言葉を投げかけてきた。

レーコはその言葉を非常に腹立たしく感じた。何が諦めるな、だ。どう見ても絶体絶命、自分の命は風前《ふうぜん》の灯《ともしび》である。他人事であるから、そんな軽薄で無責任で気休めにもならない発言ができるのだ。

「さっきの俺の話を聞いていたのか！」

レーコは声を荒らげて周囲を見回し、自分の傍を飛んでいると思われる味方の姿を探した。前方は黒煙で遮《さえぎ》られているが横方向は辛うじて見通すことができた。

相手を発見する。

彼はその味方の姿を目にした途端、思わず仰《の》け反《ぞ》ってしまった。

そいつは酷《ひど》い有様だった。

自機以上にその味方の機体はモクモクと煙を吐き出していたのである。そいつも敵にやられていたのだ。煙だけでなく火災まで発生している。飛行中というより墜落中といった様相であった。取って置きのジョークは預けるより相手から受け取った方がよさそうである。

その味方機は急降下爆撃機・モズであった。

レーコは自機以上に危機的状態へ陥っているモズに慌てて無線を飛ばす。

「俺よりあんた方のが遥《はる》かにやばいじゃないか。早く機体を捨てて脱出しろ」

無線から《あははははは》という陽気な笑い声が返ってくる。

《実はこっちもそっちと同じでキャノピーが壊れて脱出できないんだ。奇遇だな》

「笑いごとじゃないだろ」

モズのパイロットは驚嘆《きょうたん》に値する人物であった。絶望的状況下でも余裕を失わず、自棄を起こさず冷静に対処し、味方のピンチまで救ってみせたのだ。これが真に不撓不屈《ふとうふくつ》であるということか、とレーコは感じ入った。早々に諦め、不貞腐れてしまった自分とは大違いである。

《戦友よ、もう少し頑張ってみようじゃないか。助かる方法は、どうにか開けた場所を見つけ出して不時着することだけだ》

自分よりも悲惨な環境の人間が断念せずに踏ん張っている。そんな姿を見せられてしまってはレーコも捨て鉢ではいられない。他人から希望と勇気を貰《もら》うなんて彼にとって初めての経験であった。

レーコはどうしてもモズのパイロットの姿を見たくなった。彼は目を凝らした。その時、モズの背後に敵機が忍び寄っていることに気づく。

「やらせるかよ！」

レーコは忘我となって死に掛けている自機に鞭《むち》を打ち、急旋回を行って敵に機銃弾を食らわせた。煙で視界ゼロだったので、勘頼りの射撃である。それでも弾丸は敵機を捉え、あっさりと撃ち落とした。少し前までの撃墜スランプが嘘のようである。

《ありがとう。これで貸し借りはなしだ》

明るい声色《こわいろ》でモズから謝意の無線が入ってきた。貸し借りなしと言われたが、レーコは借りを返せた気持ちに全くなれなかった。

その後、２機は森林地帯の中にぎりぎり不時着できそうな場所を見出した。レーコ機は直前でエンジンが停止し、滑空状態となりながらも着陸に成功する。

「さあ、次はあんたの番だ」

レーコは呼びかけたがモズは降りてこなかった。

《俺はこのまま飛び続ける。部隊に戻って命令を伝えなければならんのだ》

「自殺行為だ。そんな、いつ墜落するとも知れない機体で」

《俺が戻らないと部隊は包囲殲滅《せんめつ》されてしまう。何が何でも行き着いてやるさ》

モズのパイロットを引き留めることはできなかった。

去りゆくモズにレーコは一つだけ質問をする。

「あんたの名前を聞かせてくれ」

《カノーだ。ではさらばだ、腕のいい戦闘機乗り。縁があればまたどこかで会おう》

ボロボロの急降下爆撃機は視界から消えていった。

レーコはその縁があることを強く願った。そして願いは叶《かな》った。素行不良で各部隊を転々とした彼は空咲部隊に配属され、そこの隊長がカノーという名であることを聞き、まさか、と思った。レーコはワクワクした。女ではなく男との対面で、こんな気持ちになるのは今まで一度たりともなかった。

レーコはカノーと会い「あなたはあの時の、モズのパイロットですか?」と質問した。すると彼はニカッと顔を綻《ほころ》ばせた。

「おお、縁、あったな」

レーコはカノーに敬礼をした。軍人になってから、きちんと敬意を込めて敬礼したのも、これが初めてであった。

「この人なら従ってもいい。この人のためなら命を賭《か》けられる。この人の下で戦いたい。柄にもなく心底思ったねえ」

レーコはカノーとの出会いの話を、いつもそう締めくくる。
男が男に惚れるというのはこういうことであるのだ。

［イ歴１０７８年6月12日］
本日のお目付け役はヨツガ少尉。
この激シブエースに隙《すき》なし。
私、危険な行為できず。

＊＊＊＊

ヨツガ少尉という男に言及していく。

この人物は言わずと知れたコクト国軍の撃墜王である。

彼の飛行テクニックはずば抜けており、『操縦の極み』に到達していると言われている。まるで自らの手足のように機体を操《あやつ》り、空中を自由自在に飛び回るのだ。その挙動から付けられた渾名は『風をつかめる男』であった。「あんな軌道、風を摑みでもしない限りできっこない」というのが渾名の由来である。

ヨツガの常識では考えられない動きを捕捉できる敵機は存在しない。ゆえに彼はこれまででたった1度しか被弾したことがない、という記録の保持者でもあった。

卓越した操縦技術を有し、トップエースになっているヨツガのパイロットとしての経歴は、さぞかし輝かしいものであると誰もが想像するだろう。

けれどもそれは違うのだ。

彼は空咲部隊の中で、いや、全コクト国軍の中でもっとも過酷な運命を背負った人物なのである。

彼を見舞った悲劇。

それはコクト国侵略軍が敗走する原因を作ったことだ。

戦争の転換期、すなわち大国ガレスの支援を受けたルシュウ国軍が逆襲を開始した時、その事件は起きた。

ルシュウ国の反攻と補給不足で、戦線はじりじりと押し戻され、これにツラマの「1サンチたりとも退いてはならぬ」という悪《あ》しき死守命令が追い打ちとなって、侵略軍は崩壊寸前となっていた。

この時、ヨツガは前線航空基地にいた。

上官が戦死したため、かれは臨時指揮官となっていた。

そうした立場にあった彼は基地からの撤収を決断したのである。

このヨツガの決断を切っ掛けとして防衛線に綻びが生じ崩壊、侵略軍は一気に潰走することとなってしまったのであった。

コクト国侵略軍が大負けして敗走する羽目になった原因はヨツガにある。

そう結論した本部は彼を軍法会議にかけた。

しかしヨツガほどの強力な戦力を遊ばせておける戦況ではなかったので、沙汰《さた》はこの戦争が終わるまで見送りとなったのである。

ヨツガは、以後、その罪を償うように一切の休みなしで毎日出撃し、戦闘を繰り返すようになった。シフトは完全に無視。彼の姿は常に戦闘機の中にあった。朝昼晩問わず、敵が来れば取り憑《つ》かれたように出撃していく。これでは彼の肉体が持たないのは誰の目にも明らかであった。しかし周囲の者達はヨツガの無茶な行為を黙認した。罪人が受ける当然の報いであるとして。彼のことを心配し止めようとする者も少数いたが、ヨツガは止まらなかった。

そうして、とうとうヨツガに限界が来た。激しい空中戦の後、疲労が極限に達した彼は着陸寸前で気を失ってしまったのである。機体は滑走路を転げ炎上した。ヨツガは意識不明の重体になったが、どうにか一命は取り留めた。彼は銃後へと送られた。

しかしその僅《わず》か1週間後、傷も癒えていないというのにヨツガは再び戦場へと戻ってきたのである。

各部隊の上官達は彼を引き受けるのを忌避した。パイロットとしての腕は超一流だが曰く付きの男である。

そんなヨツガを躊躇《ためら》いなく受け入れたのがカノーであった。

空咲部隊所属となった彼は、相変わらずの無茶苦茶な頻度で連日連夜出撃していた。カノーの制止も聞かない。これでは長くない。次は大怪我だけでは済まない。今度こそ命を落とすであろう。

どうにかしてヨツガを止めようとカノーは八方手を尽くした結果、ある事実を突き止めたのである。

防衛線崩壊の原因はヨツガの基地撤収にあるのではない、という事実である。

順序が逆なのであった。基地撤収によって防衛線が崩壊したのではなく、防衛線が崩壊してからヨツガは基地撤収を決断していたのである。

ではなぜ、上層部はヨツガの責を問うたのか。

事実を誤認したからか。

違うのである。

上層部は真実を把握していた。把握した上でヨツガに罪を擦《な》り付けたのである。

なぜ擦り付けを行ったのか。

それは防衛線崩壊の真の原因が、上層部の計画した作戦の失敗にあったからなのである。

そしてその失敗をツラマに知られるのを恐れたからであった。「1サンチたりとも退いてはならぬ」と喚き散らしているツラマが、上層部のせいで侵略軍が戦いに敗れ、撤退していることを知ったら激高するのは目に見えている。下手をすれば上層部の人間の命に係わる事態であった。

ゆえに上層部は自身の失策を隠蔽し、ツラマの怒りの矛先を逸《そ》らすため、責任をヨッガに転嫁したのである。

以上より、コクト国侵略軍が敗走する原因がヨッガにあった訳ではないのであった。

カノーはこの事実を示してヨッガに「お前が悪いのではない。すべての罪を背負うような真似はするな」と説き伏せた。

しかしヨッガは胸が締め付けられるような表情を浮かべ、首を左右に振った。

「お心遣い感謝します。ですが、私はその事実を知っていました。私は周囲の人間達が私に償いを求めるから出撃を繰り返している訳ではないのです。私自身が己を許せないから出撃するのです」

ヨッガは基地撤収時に起こった、ある出来事を語った。

基地の傍には野戦病院が設けられていた。多数の負傷兵や病院関係者を後送するためには輸送機が必要であった。だが基地には小型の輸送機が1機しかなかったのである。

往復を繰り返して人員をピストン輸送することとなった。輸送する順番は臨時指揮官となっているヨッガが決定した。彼は身内を、すなわち航空基地の仲間達を最後にした。そのことについて不平を口にする身内は誰もいなかった。むしろ正しい判断であると肯定してくれた。

ヨッガは輸送機を敵機から護衛する部隊を率いた。補給不足のため稼働可能な戦闘機は僅か4機であった。

防衛線が崩壊しているため襲来する敵機の数は刻一刻と増加し、味方機は1機、また1機と墜とされていった。

基地に残った最後の人員、つまり仲間達を運ぶ段階になった時には、生き残っている護衛はヨッガ1機のみであり、敵の数は無数となっていた。

いくら操縦の極みといえども、寄ってたかってくる大量の敵機から鈍重な輸送機を守護するのは不可能であった。

ヨッガは輸送機に銃撃を加えようとしていた敵機の前方に割り込み、自機を盾とすることまでした。これが彼の初被弾であった。

そこまでしたがヨッガは仲間達を乗せた輸送機を守り切ることができなかった。

「仲間達は私にとって家族でした。炎に包まれて墜落していく機体の窓から見えた家族の顔が脳裏《のうり》に焼き付いているのです。皆、「最後までよくやってくれた」とでもいう風に感謝の笑みを浮かべてくれていたんです」

いかなる事柄を以てしてもヨッガを説得することはできない。守るべきものを守れなかった。自らの責任で仲間達を死なせてしまった。そして自分だけが生還してしまった。したがって、その償いをする。ヨッガにとって、これがすべてなのである。彼は止まらない。生真面目《きまじめ》で不器用な1人の男は己の死を迎えるまで止まれないのだ。

「あんな悲しい生き物を俺は見たことがないよ」とカノーは感想を漏らした。

さらに彼は言った。

「だからこそ絶対に救ってやらねばならんのだ」

現在、ヨツガは無謀な無休連続出撃を行ってはいない。決められたシフトを守っている。どうやって止めさせたのかというと、カノーはヨツガの無休連続出撃に自身も付き合ったのだ。一緒に休まず、戦って戦って戦いまくった。その結果、タフであった隊長も過労で死にそうになった。

このままでは自分の所為で隊長を殺してしまう、そう思ったヨツガは無休連続出撃を思い止《とど》まり、カノーに従うようになったのであった。

すなわちカノーはヨツガとの過去の経験から、コロウのような無茶をする人間に対処するノウハウを持っていたのであった。

今の空咲部隊の中で侵略軍敗走の責任がヨツガにあると考えている者は司令官のズミィオを除き誰もいない。カノーの口から真相が伝わっているというだけでなく、皆、質実剛健《しつじつごうけん》なヨツガの生き様を目《ま》の当《あ》たりにし、「あの人が敗走の切っ掛けとなるような真似をする訳がない」

と信じているのである。レーコなどは「あいつは無口で無愛想だから一時の友にするには不向きだけど、一生の友にするなら最高の男だ」とまで評価している。

［イ歴1078年6月14日］

今日のお目付けはカノー隊長。

圧が凄い。

私死ねず。

＊＊＊＊

カノー大尉という人物に触れる。

カノーは、この空咲部隊を実質的に率い、空咲部隊を空咲部隊たらしめている人物である。ズミィオ基地司令官というのがいるが、この人は何もしていない。むしろ隊の足を引っ張っている。

カノーは非常に優れた統率者である。エネルギッシュでありタフであり、人を引き付ける不思議な魅力がある。不屈で、どんなに過酷な状況下でも絶望せず、余裕を失わず、周囲に希望を配ることができる。部隊の精神的支柱となっており、部下達から大いに信頼されている。

カノーは統率者としてだけでなくパイロットとしても優れている。その撃墜数はコクト国軍第18位に位置している。これは驚異的な数字である。元々、彼は戦闘機ではなく急降下爆撃機乗りで、地上の陣地や戦車などを破壊していた。カノーが戦闘機に乗って敵機を撃墜するようになったのは、コクト国内に引き返してきて敵爆撃機を迎撃するようになってからである。つまり戦闘機乗りとしての経歴が他者と比べると短いのだ。

にもかかわらず撃墜数で既に18位なのだから、これは驚くべき戦果である。常に突撃用くさび隊形の頂点に位置し、敵バトルボックスに突っ込むことによって為し得た記録である。

余談であるが撃墜数トップスリーは、1位ヨツガ少尉、2位レーコ少尉、3位マキノ少尉となっている。

3位のマキノ少尉は空咲部隊の人間ではない。彼は一旦《いったん》戦闘が始まると敵だけでなく味方までもその所在がわからなくなってしまい、いつの間にか敵機を撃墜しているという、言わば奇襲の名人である。付いた渾名は『どこにいるんだマキノ』であった。もはや渾名というより単なる疑問である。

話をカノーに戻す。彼は驚異的な広域空間認識能力を有している。極めて周りが見えているということである。空戦中、常に隊長として戦局と周囲の状況を正確に把握し、無線で情報連携の中心的役割を果たし、僚機を統率している。そしてカノーは何が起ころうと冷静さを失わない男であり、彼が判断を誤ることはない。たとえ自身が敵機に銃撃されている最中であってもカノーが飛ばす指示は適切であった。よく言われる『パイロットの6割頭』という言葉が意味するように空中においてパイロットの思考能力は低下する。その上、飛行するだけでなく激烈な空中戦まで行っているので、ますます思考力は低下し、ミスを犯しやすくなる。しかしカノーはいかなる混沌《こんとん》の中でも冷静沈着であり、状況を見紛《みまが》って誤判断をしてしまうことはないのであった。

空咲部隊はレーコ少尉やヨッガ少尉以外にも、一癖《ひとくせ》も二癖もあるような人物が多数所属している。そういった人を意図的に押し付けられているのである。そうであるがゆえにコロウもこの隊に配属されたのである。けれども極めて優秀な部隊として機能している。カノーの見事な手腕の賜物であった。

だが、それはコロウという1人の少女にとってありがたいことではない。

彼女の目的は敵機と戦い、その命を空で散らすことなのである。なのにコロウは未だ生き続けてしまっている。こんな予定ではなかったと彼女は悩んでいる。全体的に爆撃機迎撃戦闘での人員損耗率は高い。既に設立当初の隊員が1人もいなくなっている戦闘団がいくつもあるくらいなのである。よって空咲部隊でなければ、彼女はとうの昔に死んでいただろう。

［イ歴1078年6月15日］

カノー隊長とレーコ少尉が親しくなった切っ掛けを知った私は、レーコ少尉とヨツガ少尉の2人が友となるに至った経緯に興味を持ってしまった。お気楽おふざけさんと質実剛健さん、両者の性格は全く異なっているので確実に反りが合わないはずである。なのにどうして2人は友人となったのであろうか。

出撃前の空いている時間でおしゃべりレーコ少尉に尋ねたところ、「おっ、それ聞いちゃう」と待ってましたとばかり語りはじめた。


ルシュウからの反攻に敗れ、その国土から撤退している最中の話である。

その空の殿《しんがり》をたった1機で守る者がいた。

ヨツガ少尉である。上層部から防衛線崩壊の責を問われ、休みなしで出撃を繰り返していた時であった。

そのことに気づいたレーコ少尉は「あの1機に負担がかかり過ぎている」と上官に進言したところ、その上官はくだんの件を持ち出し、「この状況はあいつの所為《せい》なんだ。だから、あいつにやらせときゃいいんだ」と言った。

話を聞いたレーコ少尉は憤り、上官の胸倉《むなぐら》を摑んだ。

「気に食わねえな！　それが命を預け合っている戦友に対してやることかよ！」

直ちにレーコ少尉は自機に飛び乗ると、ヨッガ少尉を掩護するため飛び立ったのであった。

「ヨッガと俺、２機だけでルシュウの追撃機をすべて相手にしてやったよ。俺達の活躍がなければ軍の損耗率は間違いなくもう１割増えていたね。それぞれ１００機以上は撃ち落としたんじゃないかな。公式記録として認められてないから撃墜数にはカウントされていないけど。敵さんは俺達２人を『地獄の双壁《そうへき》』なんて呼んでいたらしいぜ。てな感じで始まったのが俺とアイツの間柄よ」

レーコ少尉はそう話を締めくくった。

［イ歴1078年6月16日］

今日、ちょっとした用事で他の戦闘団の基地を訪れた。

そして空咲部隊と比べて、余りの雰囲気の違いに私は唖然《あぜん》としてしまった。

静かなのだ。

隊員達は皆、激務のため、ぐったりと疲れ果て、意気消沈していた。

現状を考えれば、これが普通の状態なのだろう。

これは負け戦である。コクトは確実に滅亡へと向かっている。ジリ貧のため私達は敵の巨大な戦力によって磨《す》り潰され、いずれ消えていく運命にある。希望はないのだ。今日、語り合った戦友が明日にはいなくなる日常なのだ。

そんな状況が毎日続けば静まってしまうのが当然である。

しかし空咲部隊は違う。

活気がある。

皆、意気揚々としており、沈んだ表情を浮かべる者は誰もいない。これは他の戦闘団と比べて空咲部隊の任務量が少なく楽だからという訳では決してない。成果を出している分、追加任務が発生するなどして、むしろ多いぐらいである。

では、なぜ空咲部隊には活気があるのか。

私はカノー隊長に尋ねてみた。すると

「そんなん決まってんだろ。みんなイキってるんだよ」

誰しも連日の出撃で疲弊している。けれどもそれを隠して根性で虚勢を張っているのだ。気合で強がっているのだ。無理矢理調子に乗っているのだ。

「暗く沈んだ雰囲気でいたって何一つ良いことなんてありゃしない。疲れも倍増するし。だからイキるんだよ。イキってた方が楽しいしな。それが空咲さ」

やはり、この部隊は変わっている。

ただ確かに空元気であっても皆でイキり合っていると本当に「まだまだやれるぜ！」という気持ちにはなってくる。不思議なものだ。

［イ歴1078年6月18日］

レーコ少尉から藪《やぶ》から棒に「コロウちゃんは可愛くない」と言われた。

以下、少尉の発言原文ママ。

「コロウちゃんは部隊内で大いに役立っているけど、誰からも親しまれていない。親しまれない原因は可愛くないからだ。はっきりさせておくが、ここで言う、可愛くない、は容貌《ようぼう》が悪いという意味では決してないぞ。コロウちゃんは目元に鋭い所はあるが美人さんだ。愛《いと》おしい気持ちにならない、という意味で君は可愛くないんだ。可愛くない理由を俺なりに考えてみたんだけど、無愛想である・表情の変化が乏しく、ほとんど感情を露《あらわ》にしない・冷たく陰がある・隙がない・触れれば切れそうな感じがする、などなど様々な理由が挙げられるのだが、「これだ！」という決定的なのは判然としないいんだ。強いて言うならオーラが可愛くないんだな」

オーラが可愛くない！　初めて聞く言葉だ。逆にどうすればオーラを可愛くできるのだ！

まあいいさ。私はもう大人だ。大人になるということは可愛くなくなるということだ。可愛くないことに定評のある女で構いやしない。

追伸：渾名が『可愛くないコロウ』とされてしまったらどうしよう。流石に嫌だ。それは渾名ではなく既に悪口である。

［イ歴1078年6月24日］

今日、私はカノー隊長に兵器開発実験場へ連れて行ってもらった。

目的は新兵器の検証である。

隊長は対バトルボックス戦に新風を吹き込ませようとしていた。敵バトルボックスを突撃用くさび隊形で突き崩すという長きにわたって使ってきた従来のやり方を変えようとしているのである。

空咲部隊の突撃用くさび隊形はバトルボックスに対して9割強に達する勝率を誇っている。大いに成果を上げている。にもかかわらず隊長が自ら考えたこの成功戦法を変更しようとする理由は将来を見据えてのことであった。

敵はいずれ打開策を講じ、突撃用くさび隊形を破ってくると隊長は予見している。ゆえに前もっての準備が必須なのであった。

ちなみに隊長がもっとも恐れている敵の打開策は『護衛戦闘機』の投入である。今のところコクト国内に侵入してくる敵機は爆撃機だけである。爆撃機より航続距離の劣るルシュウ国戦闘機はツトツ海を渡り、コクトの海岸付近を短時間飛び回るというのが、その性能の限界であった。このルシュウ国戦闘機の航続距離が延び、コクトの内地まで爆撃機に随伴できる護衛戦闘機となったなら、それは大変な脅威である。速度と運動性の低下している重装快音は、弱点である装甲化されていないガラ空きの背後を護衛戦闘機に取られ、呆気《あっけ》なく撃墜されるであろう。突撃用くさび隊形はバトルボックスに届く前に壊滅させられてしまう。また、それだけでなく通常の快音が爆撃機に攻撃を仕掛けることも護衛戦闘機に阻《はば》まれ困難となる。

新しい戦法は既にカノー隊長の中で構想が固まっており、それを実現するための新兵器の開発を彼は兵器工廠《こうしょう》に発注していた。そして昨日、その新兵器のプロトタイプが完成したという知らせが届いたので、早速、見に行くこととなったのである。

当初、兵器開発実験場へ行くのは隊長とヨッガ少尉、レーコ少尉の3人だけだった。そこへ「パイロットとしてだけでなく技術者としての視点も持つコロウの意見を聞かせて欲しい」と急遽《きゅうきょ》、私もねじ込まれたのである。

声がかかった時、兵器開発実験場と聞いて私は柄にもなく興奮してしまった。技術者としての血が騒いでしまったのである。いつも冷淡な澄まし顔で他者の誘いを拒絶する私が急にハイテンションで食い付いたので、隊長は若干引いていた。恥ずかしい。

私達4人はオープントップの四輪駆動車で兵器開発実験場へ向かった。

実験場へ到着すると、わざわざ責任者の人が出迎えてくれた。

空咲部隊と兵器開発実験場は良好な関係にあるらしい。兵器開発実験場はデータ収集のため各戦闘団に協力を求めることが多々あるのだが「そんな余裕はない」と素気なく断られてしまうことがほとんどなのだそうだ。しかし空咲部隊は要望に対して丁寧に応じているとのことである。

　私達は格納庫へと案内された。

　そこには1発の爆弾が鎮座していた。

「カノーさん、俺達は対バトルボックス用新兵器を見に来たんですよね。これがそうなんですか？　単なる空対地爆弾にしか見えないんですけど」

　レーコ少尉が爆弾の表面を手のひらでペチペチと叩いた。

　研究員が説明を始める。

「確かに外見はそうですが中身は違います。カノー大尉のアイディアを基にして作られた空対空爆撃弾、その名も『柳弾』です」

　柳弾は『集束《しゅうそく》爆弾』であった。集束爆弾とは本体に多数の小型爆弾を内蔵し、目標上空でそれらをバラ撒き広範囲を面的に攻撃する爆弾である。小型爆弾を飛散させた後の、煙の痕跡が柳の木に似ているため柳弾と名付けられていた。

「ははぁ、なるほど。こいつをバトルボックスの頭上で炸裂《さくれつ》させてやれば敵爆撃機をまとめて屠《ほふ》れるって寸法か」

　レーコ少尉は感心したが、研究員は浮かない顔をした。

「残念ながらそういう訳にはいかないのです。H7重爆撃機の頑丈さを考慮すれば損害を与え隊形を乱すことはできても、撃墜にまでもっていくには余程当たり所がよくなければいけません。破壊力を高めるために炸薬の量を増やしたいのですが迎撃戦闘機への搭載を考えると、このサイズ・重量が限界になってしまいます」

申し訳なさそうにしている研究員の肩を隊長が力強く叩いた。

「落ち込むことはない。君らはいい仕事をしたよ。それで十分だ」

「撃墜できずともバトルボックスを崩すことさえできればいい、という訳ですね」

柳弾を吟味していたヨツガ少尉が口を開く。

「そう、ヨツガの言う通りだ」

隊長が求めていたのはバトルボックスを崩せる新たな戦法であった。

「これは『近接信管』ですか」

私は柳弾の先端を凝視して尋ねた。

「いえ、近接信管は未だ完成していません。『時限信管』です」

研究員は再び表情を暗くした。

近接信管とは弾頭に電波装置を付け、目標の近距離に達すると自動的に炸裂する信管である。対して時限信管は定められた時間が経過すると炸裂する信管である。

「ということはタイミングが非常に重要となる。柳弾が成功するかどうかは、すべてパイロットの腕次第ですか」

「……そうなります」

時限信管が作動する丁度その時に、柳弾は敵バトルボックス上空の適切なポイントに存在しなければならない。それを実現するためにはパイロットに相当の技量が要求される。

「相変わらず我々は楽になれないという訳か」

レーコ少尉がぼやいた。

研究員と私達パイロットの間で柳弾の運用方法に関する討論《とうろん》が始まった。問題点が提議され、それに対する解決策が話し合われる。時限信管の作動時間を状況に合わせてパイロットが現場で自由に設定できるようにする、などといった新たな改造が決定していった。

議論を終え、帰るために実験場の出入り口へ向かっている途中、私はある大型格納庫の中に置かれていた機体に目を奪われてしまった。研究員の制止の声も聞かずに、足がそちらへと向いてしまう。

「ＭＡ40型、ジェット推進による次世代戦闘機……完成したんだ」

私は凝然と立ち尽くした。

その機体にはプロペラが無かった。代わりに両翼下に滑らかな円柱形の物体が取り付けられている。『ジェットエンジン』だ。

現在の飛行機はすべてレシプロエンジンである。燃料の燃焼による熱エネルギーを往復運動に変換し、ついで回転運動の力学的エネルギーとして取り出し、プロペラを回して推力を得る。

対してジェットエンジンは外部から取り込んだ空気に熱エネルギーを与えることでジェット

を生み、その反作用で推力を得る。

ジェットの出力はレシプロを凌駕《りょうが》する。

「そいつは試作機だ。まだまだ改良しなければならない点がてんこ盛りのな」

後ろから聞き覚えのあるしゃがれた声がした。振り向くと杖《つえ》をついた老人がいた。足が悪いため片足を引きずるようにして歩いている。相変わらず偏屈そうな雰囲気を濃密に発散しており、顔に刻まれた皺《しわ》が、そのまま不快気な表情をその相貌に形作っていた。

ヨウキロ教授。

私に蒼航工学を叩き込んでくれた師匠が、そこに立っていた。

「教授、ご無沙汰《ぶさた》しております」

予期せぬ再会に私は相当動揺したが、どうにか表情を取り繕って挨拶をした。

「お前などに挨拶されたくない。この裏切り者が。ワシの恩を忘れおって」

にべもなかった。裏切り者呼ばわりは言い過ぎだと思うけど、私にかけていた期待の大きさの裏返しなのだろう。

「その件は大変申し訳なく思っています。ですが私にも止むに止まれぬ事情がありまして」

「知るか、お前の事情など。考慮すべきはワシの事情だけだ」

吐き捨てるようにして教授は言う。

「お前がいてくれたなら、これもとっくの昔に完成していただろうに」

老人はあごでジェット機を指し示す。

「で、何をしにここへ来た」

私は開発された新兵器・柳弾を検分するために実験場へ来たことを告げた。

「ああ、あの集束爆弾か。ありゃ駄目だ。近接信管がないからな。役に立たんよ。無駄無駄」

教授は柳弾をボロクソにけなした。その場には隊長達もいたので、物凄く気まずい空気になった。

「で、こいつら誰だ？」

そうした空気を無視して教授は杖の先で隊長達を指した。超失礼な行為なのだが、この人はこういう人なのだ。

私は隊長達を教授に紹介した。

教授は隊長達を値踏みするようにジロリと睨む。

「風をつかめる男に魔術師に『重爆殺し』か、ふーん」

重爆殺しとはカノー隊長の渾名である。敵機撃墜数でいえばトップはヨツガ少尉なのだが、重爆撃機のみに限定すると突撃隊に毎回参加していることもあってトップは隊長となるのだ。ゆえに付いた渾名が重爆殺しであった。

「こちらはヨウキロ教授です」

今度は隊長達に教授を紹介する。

「ヨウキロ教授！　この方があの……」

隊長達は驚いていた。ヨウキロ教授は、あの蒼航工学を開いた蒼の賢者の1人である。また
コクト国パイロット達が愛して止まないレシプロ戦闘機の傑作・快音の生みの親でもあった。

「コロウちゃん、教授とはどういったご関係？」

レーコ少尉が囁《ささや》いてきたので「えっと……その……私の師匠です」と歯切れ悪く答える。

教授はあまり隊長達に興味がないようで会話を交えることもなく、視線を私へ向ける。

「コロウ、お前本当に戦闘機乗りになったのか」

「はい、今は隊長の下で任務に付いています」

それを聞いた教授は嘲《あざけ》るような笑みを浮かべる。

「我が国は相当末期的なのだな。お前のような小娘が戦闘機乗りになるなんて。だってお前は
まだ……」

「教授！　やめてください！」

明らかに都合の悪いことを言おうとしていたので、私は慌てて止めた。

強い口調で遮られ、教授は額の皺を深くする。

「……どうでもいいか。ワシの知ったことでは……くっ！」

言葉を続けようとした教授が唐突に咳《せ》き込んだ。その咳《せき》は重病を患う者特有の重苦しいも
のであった。咳が止まらない教授に私は駆け寄り、背中をさすろうとしたが、手を無下に払い

退《の》けられてしまった。

「教授、薬はちゃんと飲まれているのですか?」

私が尋ねると
「当然飲んどらん。飲むと頭が働かなくなって仕事にならんからな。それにあの薬は病を治すものでなく、痛みを和らげるものだ。痛みなど我慢すればいい。それよりも残された時間で仕事を完成させねばならぬ。後継者もいなくなってしまったしな」

教授は私に非難の視線を浴びせてから踵《きびす》を返し出口へと向かった。

「さあ、とっととここから出て行ってくれ。研究の邪魔だ」

出口まで来た教授は足を止め、振り返らずに言った。

「ところでコロウ、これから『ロケットエンジン』の起動実験があるのだが見学していくか。お前、あれ好きだろ」

「ロケットエンジンですって!　教授!　ロケットエンジンまで形にしたのですか!」

「来るのか?　来ないのか?　どっちだ」

私は「行ってもいいですか?」と承諾を求めるように隊長を見た。

隊長は頷《うなず》いてくれた。

「行きます。行かせていただきます」

私は教授の後ろを付いていった。隊長達もその後に続いた。レーコ少尉が再び私に囁いてきた。

「ヨウキロ教授は随分と変わった人物のようだな」

「生粋のエゴイストです。自分がやりたいこと以外は、すべてどうでもいいという人です。あと人間嫌いです」

そういう人柄のおかげで今の私があるのだが。

私達は半地下構造になっている格納庫へと移動した。

中にあったのは台に固定された大きなノズルだった。ノズルの上部には複雑に絡《から》まりあった金属製の管が剝《む》き出しとなっている。

教授はそれの前に立ち両手を大きく広げた。

「これがロケットエンジンだ。戦争にかこつけて予算も資材も設備も土地も使い放題にさせて、短期間でここまで作り上げることができたのだ」

教授の合図でカウントダウンが開始され、ロケットエンジンに火が灯る。

火を吐くノズルの威容は凄まじいものだった。巻き起こる強風は格納庫自体を吹き飛ばしてしまいそうである。物凄い出力だ。これだけの出力があればいかなる過重な物体でも空へ運ぶことができるであろう。盛大に湧《わ》き出す煙は格納庫の外へと排出され、一帯を曇らせている。

ロケットエンジン。燃焼室の化学反応で得られた圧力をノズルによって速度に変換し高速で噴射することによって推力とする。ジェットエンジンとの違いは、ジェットが外部の空気を燃料と混合して燃焼するのに対し、ロケットはあらかじめ搭載している酸化剤を燃料と混合し燃焼させている。したがって大気圧の小さい高高度だけでなく空気の全くない真空状態の場所でも使用可能である。

ちなみにロケットエンジンは推進剤の違いで固体ロケットエンジンと液体ロケットエンジンに分類される。固体ロケットエンジンは原理的に推力の調整が困難である。対して液体ロケットエンジンは出力可変・燃焼停止・再点火などの制御が可能となっている。教授が手掛けているのは液体ロケットエンジンの方であった。

「隊長、知っていますか」

ロケットエンジンに見惚《みほ》れながら私は語りかけた。

「空の上には宇宙があります。そこは何もない空間で空気すら存在しないのです。今の飛行機ではそこに到達することはできません。なぜならエンジンを稼動させるにも、翼が揚力を発生させるにも空気が必要だからです。でもロケットエンジンは違う。空気は必要ない。これだけの出力があれば飛ぶのに翼もいらない。このエンジンは人を空よりも、もっと高い場所へと連れて行ってくれるのです。行ってみたいと思いませんか？　宇宙」

「そんなとこ行って何が楽しいんだ」

隊長は、こいつ何言ってんだ、という顔をしていた。残念ながら共感を得られなかった。

不意にロケットエンジンの炎の色が変わった。

「……いかん。全員退避！」

教授が大声を張り上げた。

その後、ロケットエンジンは大爆発を起こし、格納庫諸共《もろとも》、跡形もなく消し飛んでしまった。


ここまで結構なボリュームを書いたが、今日の日記はまだ続く。

イベントが盛りだくさんだったのだ。


今度こそ帰ろうとした時、急に実験場のすべての明かりが消えてしまった。

停電だ。

「敵の爆撃でどこかの送電線が切れたんだと思います。最近よくあることですから。すぐに復旧しますよ。予備の送電線がありますので」

研究員達は楽観的であった。しかし、いくら待っても電気は戻ってこなかった。研究員達がざわつき始めた頃、ある衝撃的な連絡が実験場へと届いた。

オーリダムが敵爆撃機によって破壊されたというのである。

実験場は騒然となった。

オーリダムは大規模水力発電施設も兼ねており、大量の電力をコクト国へと供給していた。

停電になったのは送電線が切れたためではなく電気の供給源が潰されてしまったからであった。

いつまで経《た》っても復旧しないのは当然である。

「信じられない。オーリダムはコクトの奥地にあるんだぞ。あんな所まで敵が来るというなら、この国に安全な場所はもはやどこにもないじゃないか……」

研究員達は皆、呆然《ぼうぜん》自失となっていた。

そうした雰囲気の中で、隊長達はというと地面に地図を広げてしゃがみ込み、熱心に話し合っていた。周囲の絶望的な空気などどこ吹く風である。隊長達はダムを破壊した敵機の位置を推測していた。私も参加する。敵は、こちらの迎撃基地を避けて飛行しているであろうから撤退経路のおおよその予測はつく。爆撃された時刻は停電となった時刻と同じであろう。以上のことから計算して、現在敵機はどの辺りを飛行しているのか結論を出す。

「基地に連絡して大急ぎで出撃してもらっても間に合わんな」

隊長が苦々しく言う。

「やられたからには、やり返してやりたかったんだがな。そうしないと奴ら、また来やがるから」

天を仰ぎ、隊長はそのままの体勢で固まった。ややあって彼は不意に手で膝《ひざ》をピシャリと叩いた。

「名案を思いついたぞ。あのジェットと柳弾を使わせてもらおうじゃないか。ここから出れば間に合う」

隊長の言葉を聞いた研究員達は驚いた。私も驚いた。ジェット機も柳弾も共に試作品である。

試作品に試作品を積んで実戦に飛び込むなど危険過ぎる。正気の沙汰じゃない。研究員達は反対した。

だが隊長は引き下がらなかった。

「空を飛べる戦闘機があり、敵機を攻撃するための兵器があり、そしてこの俺がいるんだ。ここまで揃《そろ》っていたなら出撃するしかない」

隊長の変な理屈に研究者達は言葉を失ったが、1人だけ哄笑《こうしょう》する人がいた。ヨウキロ教授である。

「面白い男だ。いいだろう。ワシのジェット機、自由に使え」

教授が認めてしまったからには研究員達は従うしかない。直ちにジェット機へ柳弾の取り付けを開始する。

「ところであんた、ジェット機の操縦方法は解っとるのか？」

教授が尋ねると、隊長は「飛びながら体で覚える」と臆面《おくめん》なく答えた。教授は呆《あき》れて嘆息し、

「コロウ、この機体は2人乗れる複座になっておる。両方の席で操縦が可能だ。お前も一緒に乗ってサポートしてやれ。お前ならジェットの操縦方法も解るだろ」

私も行くことになった。正直、ジェットには乗ってみたかったので望むところだった。

「お前ジェット機の操縦方法なんて知っているのか？」

隊長が尋ねてきたので

「はい、教授の下にいた時に色々と学びましたから。ただ知識だけです。実際に操縦するのは私も初めてです」

と答えた。

「コロウ、ついでにこれも頼む」

教授が私に書類が挟まった用箋ばさみを渡してきた。そこにはジェット機の評価実験項目がびっしり書かれていた。ジェット機のテスト飛行も兼ねろというのだ。

「ジェット機で爆撃機を迎撃するなど、これほど良い実験はない。お前らが死んでも、この書類の無事だけは確保するように。絶対、灰にするなよ」

ジェット機に柳弾を搭載する作業が完了した。即席の作業だったので投下するための装置は簡素であった。柳弾からコックピットまで紐《ひも》が伸びてきており、これを引っ張れば時限信管が作動すると同時に柳弾が投下されるという仕組みである。

私と隊長はジェット機へと乗り込んだ。隊長が後部座席の私に声をかけてくる。

「死にたがりのお前に俺の命の面倒を見てもらうとは、これは心ときめくフライトになりそうだ」

私はニコッと作り笑顔をして
「大船に乗ったつもりで私に命を預けていいですよ」

と、これまでの所業を棚に上げて、しれっと返答した。

隊長は「はっ、ぬかしおるわ」と片頬《かたほお》だけで笑っていた。

私達を乗せたジェット機は研究員達に手を振られ、実験場から発進した。

隊長は驚くべき速さでジェット機の操縦に習熟していった。流石は歴戦の戦闘機乗りである。非常に勘がいい。離陸直後は私の手助けを受けていたが、程なくして「この気難しいエンジンのなだめ方がようやくわかったぞ」と独力で飛ばし始めた。

隊長の手並みに問題はなさそうだったので操縦を任せ、私は教授から渡された書類とにらめっこをした。教授も指摘していたが、やはりジェット機の難点はエンジンの加速性能だ。加速に時間がかかるのだ。加速性の悪さは様々な問題を引き起こす。

しかし難点を打ち消すほどのメリットがある。それは素晴らしいほどの最高速度だ。レシプロと比べて圧倒的に速い。

「コロウ、速度計を見てみろ。我々は今、この地上で最も速く移動する生き物だ」

楽しそうな隊長の声が聞こえてきた。速度計を見ると、その数値は理論上の性能限界速度を大幅に超えていた。

「隊長、空中分解します」

「そうかい？　まだまだいけそうな気がするんだがな」

カノー隊長は陽気に笑ってエンジン出力を少し弱めた。

私は再び思索に耽《ふけ》った。

ジェットは速度でレシプロに勝るが、速度が速いと旋回性が悪くなる。現代の戦闘機対戦闘機の戦い方の主流は『ドッグファイト』である。敵機に弾丸をぶち込むため、互いに相手の背後を取ろうと急上昇・急降下・急旋回を繰り返すのである。この事実を考慮すると、ジェットの速さはドッグファイトに活用できないということになる。

ならばジェットは戦闘機として向いていないのかということになるのだが、それは違うと私は思う。ドッグファイトは機体にもパイロットにも多大な負担を強いる戦い方だ。私はドッグファイトよりも優れた戦法があると考えている。おぼろげではあるが私の頭の中で、その戦法は徐々に形を成してきている。その戦法が確立した時、それを行うのに最適な戦闘機は速度に優れたジェット機である。

「見えた！　予想は的中だ！」

隊長が11時の方角を指差した。黒い点が数個浮かんでいた。距離はまだ大分あるが、あの形・大きさからして敵爆撃機Ｈ７に間違いなかった。こちらのレーダー網を避けるため随分と低空を飛んでいる。

「よし、やるぞ。柳弾投下のタイミングは俺が指示する。合図したらすぐに紐を引け。元急降下爆撃機乗りである俺の実力、とくと披露してやる」

ジェット機の速度を上げ、私達は敵爆撃機編隊に接近した。距離を縮めていくと、あることが判明した。敵爆撃編隊は低空飛行でありながら小規模なバトルボックスを組んでいたのである。

「この高度でバトルボックスとは恐れ入る。凄い錬度の高さだ。どうやったのかは知らんが、あいつらならあの少数で頑強なオーリダム破壊を成功させたのも納得だ」

隊長は敵の手腕を褒め称《たた》えた。

「だがバトルボックスを組んでくれているのはむしろありがたい。柳弾の本領を試すには打って付けだ」

ジェット機は高速状態で敵バトルボックスへ6時の方角から突入した。私達が所持する武器は柳弾1発だけである。試作機なので機銃などは一切装備されていないのだ。目標の上空に位置して柳弾の投下を試みようとした。けれどもジェット機の速度が速すぎるため、敵編隊を追い越してしまった。

「地上の目標を爆撃するのとは勝手が違うか。タイミングを計りづらい。もう一度やるぞ」

隊長は機体を旋回させた。速度を失わないようエンジン全開で行ったため旋回半径が大きくなり、過酷なGが私達に襲いかかった。

私はブラックアウトしかけた。ブラックアウトとは下向きのGがパイロットにかかると脳から血液がひき下半身に集中することで視野が暗くなる現象である。

隊長は楽しそうに「堪らんGだ」と言って物ともしなかった。

再度敵編隊の上空を目指したが、またもや通り過ぎてしまう。

「水平飛行じゃ下方の敵が見えんから狙うのが難しい。急降下爆撃の要領でやれば敵機を正面に捉えることはできるが、この高度と速度だから絶対地面へ突っ込むことになる。どうしたものか」

舌打ちする隊長に私は提案した。

「地面に衝突しない程度の浅い降下角度で突っ込みましょう。そうすれば敵の姿を視界に収めていることができます」

「バトルボックスに浅い角度で挑むのか。敵機銃手のいい的だぞ」

「大丈夫です。こちらは断然高速ですから対応できないはずです」

隊長は即断した。

「よし、やろう。速度が速いから浅い角度でも地面にぶつかる危険性を伴うぞ。お前は俺の腕に命を預けることになるな」

「ご存じの通り私は死にたがりですから、お気になさらずに」

「その冗談は冗談じゃないからちっとも笑えん」

ジェット機は敵バトルボックスの中心よりやや前方を狙って降下を開始した。ジェットのキーンという独特のエンジン音が耳朶《じだ》に響く。

バトルボックスは一斉に機関銃を撃ち上げてきたが私の予想通り全く間に合っていなかった。敵機銃手達はこちらの速さに反応できていない。

「今だ！」

隊長の合図に従い、私は紐を力いっぱい引いた。柳弾が機体から離れ時限信管が作動する。隊長は上昇に転ずるため操縦桿を思い切り引いた。慣性があるので一瞬だけ機体は柳弾と一緒に下降軌道を取ったが、すぐに上昇へと転じた。

結果を確かめるため私は体を捻って背後を振り返った。柳弾は小爆弾をばら撒き広範囲に損害を与える兵器であるので、目標の上空で炸裂しなければならない。しかし投下した柳弾は狙っていた高度で爆発せず通り過ぎてしまった。そのまま落下し、敵バトルボックスの中心に位置していた爆撃機の左翼、2基あるエンジンとエンジンの間に命中し、そこに大穴を開けた。不発かと思われたがそうではなかった。柳弾は地上間近で炸裂したのである。柳の木のよう、と形容された煙は開かずわだかまってしまい、撒かれた小爆弾はすぐに地上へと達し、地面を耕しただけで終わった。

時限信管の作動が遅すぎたのだ。別の言い方をすれば爆弾の落下速度が速すぎたのである。ジェット機であったために柳弾に想定以上のスピードが付いてしまい時限信管の作動が間に合わなくなってしまったのであった。

左翼に大穴を開けられた敵爆撃機は傾《かたむ》き、左側へと逸れて胴体着陸する。激しい土煙が上がり、それが収まるとバラバラになった機体が散乱していた。

戦果は1機だけであったが、貴重な戦訓を得ることは出来た。

戦うための武器を使い果たした私達にできることは燃料の限界まで敵編隊を追尾し、味方迎撃機を呼び寄せることのみであった。しかし間に合う部隊はなく、ツトツ海方面へ去っていく敵を見送ることとなった。

追伸：今日はたくさんの出来事があり、それに応じて日記の量も膨大になった。過去最高だと思う。とても疲れた状態で、この量の日記を書いたので途中で寝落ちしてしまった。けれども起きて最後まで頑張って書いた。私は日記を毎日書く派ではない。書きたいイベントがあった日だけ書く派であり、その日の日記は、その日に書くのが私の流儀なのである。

＊＊＊＊

ルシュウ国にはキャパスという名の爆撃機編隊指揮官がいる。

最も目標爆撃成功率の高い指揮官である。

もともとはＨ７の一副操縦士でしかなかったが、搭乗機が攻撃され撃墜寸前となった時、上官から退機命令が出た際、ここで脱出すれば捕虜になってしまうと、これを拒否。たった１人残って根性で機体を持たせ、味方基地に帰投したという逸話の持ち主である。

しかもこの時、追撃してきた敵機を返《かえ》り討《う》ちにしている。

通常、上官に対する抗命行為は厳罰に処されるのだが、ルシュウ国軍部は「間違っていたのは上官の方」としてキャパス氏を称賛。窮地に陥りながらも最後まで諦めず帰還を達成し、さらに敵機を撃墜するとは爆撃機乗りの鑑であるとして中尉へと昇進させ、爆撃編隊を率いる指揮官へと任命したのであった。

このキャパスが立案したのがオーリダム破壊作戦であった。

コクト国の懐《ふところ》深くにあるオーリダムという名の巨大ダムを奇襲、これを破壊するという大胆な作戦である。

この巨大ダムは大水力発電施設となっておりコクト国に多くの電力を供給している。これが破壊されたとなれば、コクトは深刻な被害を被る。さらに巨大ダムの再建には非常に時間を必要とするため、もたらされる影響は極めて長期に及ぶ。

コクトに重傷を与える作戦である。

しかし、その分難易度が極めて高い。

まず、コクト国内の奥深くまで侵入しなければならない。未だかつて誰も行ったことのない深度である。度重なる迎撃に晒されることになる。

そしてコクト国もダムが重要施設であると理解しているため要塞化しており、強固に防衛されている。多数の高射砲が配備されており下手に近づけば格好の的にされてしまう。

ダム自体も堅牢《けんろう》に造られていて、これを粉砕するためには爆弾を複数発直撃させなければならない。高高度からの水平爆撃では命中精度の点からダムに複数発の直撃弾を発生させるのは難しい。水平爆撃の命中精度はよくても1桁《けた》なのである。ゆえに水平爆撃の場合には編隊を組んで絨毯《じゅうたん》爆撃を行い、命中精度を高めるのだ。

よってダムを破壊するには大規模な爆撃編隊を組んで数回にわたり絨毯爆撃する必要があるが、敵地深くでそのような作戦を行えばこちらも壊滅的被害を受ける危険性があり、リスクが高すぎる。

オーリダム破壊作戦は難問だらけで不可能と思われた。だがキャパスは諦めず打開策を捻り出した。

ダムまでの行程で来襲が予想される敵迎撃部隊については隠密性を高めることで対処することとした。計画に参加する機体を極力減らして9機とし、敵国内侵入時には地表スレスレを飛行してコクト国のレーダー網に捕捉されないようにする。そうして迎撃部隊を回避するのである。

要塞化されたダムへの攻撃は『反跳爆弾《はんちょう》』を使用する。

反跳爆弾とは水平に投擲《とうてき》された石が水面を跳ね飛んでいく水切りの原理を応用した爆弾である。低空飛行する爆撃機から爆弾を水面に投下する。すると爆弾は水面を跳ねて行き、目標へ横から命中するのである。その命中率は7割を超える。これでダムに直撃弾を生じさせる命中精度の課題は解決できる。投下する反跳爆弾は特注品を用意する。通常の反跳爆弾ではダムの水面上部しか破壊することができない。それでは無意味である。そこで時限信管を取り付けてダムの壁面に激突した後、水中へと没し、ある程度の深度に達した後炸裂するという仕組みを施す。これでダムの土手っ腹を損壊させることができる。

低空飛行をすることによって敵の高射砲に晒されてしまうという問題点に関しては、反跳爆弾による攻撃時進行方向によって対処できる。諜報機関からの情報によると敵高射砲の配置はそのほとんどがダムの外側に指向されている。ダムへと向かって来る敵を撃ち落とすためであるのだから当然の配置である。したがってダムの水を溜めてある側、つまり内側への火力は手薄になっているのである。すなわち敵火器群の脆弱な点を突くこととなるのであった。

すべての難問に対して答えが出された。

上層部からもゴーサインが出る。成功すれば御の字、しくじっても被害は爆撃機9機だけである。ローリスクハイリターンであった。キャパスのオーリダム破壊作戦は実行された。

特注の反跳爆弾は『ダムクラッシャー』と命名され、3トンの炸薬が詰め込まれた。ダムクラッシャーを使用するために特殊な爆弾架を装備したH7DC型・ダム破壊用特殊爆弾搭載機が製作され、各機1発ずつダムクラッシャーを搭載された。3トンとはいえ爆弾1発だけであるのでH7DC積載量に余裕があり、防御火器を減らすことなく敵国の最奥に行き、たとえ遠回りになっても十分対応できる追加燃料を載せることもできた。

キャパスは精鋭を選りすぐり、自らH７DCで構成された爆撃編隊を率いてルシュウ国よりコクト国のある東の空へ出撃した。

そして、ダムにて１機、帰路にて正体不明機に１機、計２機撃墜されたものの作戦は成功したのである。

オーリダムは再建の目途が立たないほどの大損害を受けた。重要な電力エネルギー源を失ったコクトの国力の減衰は加速した。

オーリダム破壊の功績によりキャパスは中尉から大尉へ昇進したのであった。

［イ歴1078年6月28日］

唐突だが、この日記が壊れた。

全ページが表紙から剝《は》がれてしまったのだ。

新しい日記へ移るつもりは毛頭《もうとう》ない。まだこの日記には書けるページが残っているので、私の中のもったいないスピリットが、それを許さないのだ。

直して最後のページまで使い切りたいと思う。

けどちょうどいい糊《のり》がない。

戦闘機に使う工業用の接着剤ならあるが、それで代用すると大惨事になりそうな気がする。糊を入手するまで、とりあえずこのままの状態で使うことにする。

［イ歴1078年7月1日］

やらかした。

私の重大な秘密が1つ、部隊の皆にバレてしまったのだ。

これから書くことは昨日6月30日に起きた出来事である。その日の日記は、その日に書くという私のルールも破ってしまった。爆睡してしまい、仕方なかったとはいえ甚だ遺憾である。


6月30日に宴が開かれた。

宴の目的はレーコ氏の中尉昇進を祝うことであった。レーコ氏の実績を考慮すれば、この昇進は遅すぎるのだが、空咲部隊に来る前の素行が悪すぎたので仕方ないらしい。

「俺、ちょっと偉くなっちゃったけど、今まで通り気安く接してくれよな。態度を改めなくていいから。堅苦しいのは嫌なんだよ」

と当人は言っていた。

宴会には私も参加した。

宴会場にて私の持っていたグラスになみなみとお酒が注がれた。アルコール度数が高い割には口当たりが良くて非常に飲みやすい一級酒とのことであった。

これまで私はお酒を飲んだ経験がなかった。というか飲んではならなかった。しかし祝いの席なので、空気を読んで飲んでいる振りだけしておこうと思った。

とりあえず私はグラスを口に近づけた。

そこで記憶が途絶えた。

次に意識が覚醒《かくせい》したのは本日の朝で、そこは自室のベッドの上だった。タイムワープでもしてしまったかのような不思議な気分に首を捻りながら外へと出ると、皆が私へ不可解なものを見るような視線を向けてきた。戸惑っていると、通りがかったレーコ中尉が私をこう呼んだ。

「よう、年齢詐称」

私は仰天し、中尉を呼び止め、昨日何があったのかを尋ねた。

中尉はさも愉快そうに語った。

私は泥酔し、乱暴狼藉《ろうぜき》を働いたらしい。そして自ら実年齢が15歳であることを暴露し、皆を驚愕《きょうがく》させたそうなのである。「15歳が飲むな」と酒を取り上げたところ、「酒を返せ」と私は大暴れし、取り押さえられ、最後には不貞寝したとのことであった。

私は頭を抱えた。お酒の力を舐めていた。私は極めてお酒に弱い上に、酒乱だったのだ。

案の定、私はカノー隊長に呼び出された。

コクト国において軍務に就くことのできる年齢は18歳からと定められている。15歳の私にはそもそも戦う資格がないのであった。このままでは戦闘機から降ろされてしまう。断固としてとぼけるしかないと思った。

隊長の前に立った私は「昨日の年齢の件は酒の席での冗談です」と言い訳した。隊長は黙ったままジッと私を見つめていた。その様子から私の言葉を信じていないのは明らかだった。徐に隊長は口を開いた。

「コロウ、俺が全力で助けてやる。いい加減事情を話せ。なぜその歳でお前は戦わなければならない。なぜ死に急がなければならない」

言う訳にはいかなかった。私は「すいません」と深く一礼した。

「頼りにされるのは男の誉《ほま》れ、頼りにされないのは男の恥だぜ。相手が若い女となれば尚更《なおさら》だ」

と隊長は肩を竦めていた。本当に申し訳なく思った。

隊長は私を前線から外そうとはしなかった。外せば、また私が自殺すると言い出すのがわかっていたからだろう。

もう1つの重大な秘密まで漏洩《ろうえい》せずに済んだのは不幸中の幸いだ。それまで漏らしていたなら色々と致命的であった。

追伸：渾名が『詐称のコロウ』になった。何にも言えねぇ。

［イ歴1077年6月18日］

自分の出生の秘密を知ってしまった。

私の父親は前国家元首である、あのギガマツ氏だったのだ。

知る切っ掛けとなったのは、母の昔の日記を偶然、見つけたことだった。人の日記を勝手に読むのはいけないと思いながら、出来心でついつい読んでしまった。

母はギガマツ氏の身の回りの世話をするお付きのメイドであったそうだ。

現役《げんえき》の元首であったギガマツ氏を陰から真心と愛情を以て支えていたことが日記には書かれている。超多忙なギガマツ氏の衣食住を一手に引き受け、仕事に専念できるように心を砕いていた模様。その日の、氏の食事は何だったか、氏の体調はどうだったか、氏のために明日はどうするべきかなど、事細かに日記に記載されている。ギガマツ氏の正妻は国家元首の妻として自身を着飾ることにのみ関心があり、夫に対しては冷淡で全く無関心であることがとても不満気に書かれてもいた。

ギガマツ氏も甲斐甲斐《かいがい》しい母の奉仕に深く感謝し、心惹《ひ》かれ、その後、2人は急速に男女の関係へと発展していった。生々しいロマンスの描写があり、娘として、とてもじゃないが耐えられなかったので、その辺は読み飛ばした。

やがて母は私を身ごもった。

母は自分の存在が妻子あるギガマツ氏の不倫スキャンダルになってしまうのを恐れた。氏の名声を汚したくない。母は妊娠を告げることもなく黙って氏の下から去ったとのことであった。

追伸：母はよく私に
「自分のためではなく何かのため、もしくは誰かのために生きなさい。そうしないと人生は無意味。逆にそれさえ行えば人生はとても素敵なものになる」
と言うのだが、それに対して私が
「じゃあ、お母さんは何のために生きているの？」
と問うと母は快活《かいかつ》に笑って
「あんたと惚れた男のためさ」
と答えていた。
惚れた男っていうのが誰なのか、ようやくわかったし、なぜ結婚しないで母子家庭を続けているのかも理解できた。母は今も一途にギガマツ氏のことを想《おも》っているのだろう。
あと、私が赤ん坊の頃から肌身離さずに持たされているお守りの素性もわかった。年季の入った小袋に灰色の小さな石が収まっているこのお守りは母が父から「大切な人に持たせるお守り」として貰ったものだったのだ。父にとって母は大切な人だった。母にとっては私が大切な人となる。だから私がこのお守りを持たされていたのだ。

［イ歴1077年10月2日］

母が意識不明の重体となった。

敵の落とした爆弾が母の職場を直撃したのだ。母はボールベアリング工場で事務の仕事をしていた。ボールベアリングは民間だけでなく軍需品《ぐんじゅひん》としても扱われるので敵の爆撃目標になってしまったのだ。

私が大急ぎで病院に駆けつけると、そこには変わり果てた母の姿があった。右手右足が失われていた。体の大部分が血の滲《にじ》んだガーゼと包帯で覆《おお》われている。脈は弱く、呼吸は浅く、顔色は青白かった。私がいくら呼びかけても反応がない。

医者の話では、「外側の傷だけでなく内臓の損傷もひどい。もはや手の施しようがありません」とのことだった。

私が、どうにかして母を助けて欲しいと、いくら頼み込んでも医者は首を横に振るばかりだった。

だから私は最後の手段を使うことにした。

実の父であるギガマツ氏に頼ろうとしたのだ。

元首邸へと行き、ギガマツ氏に会わせてくれるよう守衛に頼んだ。

守衛は相手にしてくれなかった。当たり前の話であった。突然現れた妙な女を取り次ぐ訳がない。

その時であった。

1台の黒塗りされた高級車が元首邸へ帰ってきたのである。

私は、その車にギガマツ氏が乗っていると思い、大声で呼びかけた。

車は停車した。後部座席のスモークが貼《は》られたドアガラスが半分開かれる。

乗っていたのはギガマツ氏ではなく現元首ツラマだった。

死んだ魚のような目、という表現をよく耳にするが、彼の目はまさにそれだった。生気と覇気がなく、どんより濁っていた。

目的の人物ではなかったが、私はこれをチャンスであると考え、叫んだ。

「ギガマツ様に会わせてください！　私はギガマツ様と血のつながった娘です！」

私の叫びを聞いてもツラマの反応はなかった。呆然としていた。その目付きとリアクションからして、この人は正気なのだろうかと疑ってしまった。彼は何も言わずドアガラスを閉めてしまった。

「待ってください！　本当なんです！　信じてください！」

私の訴えを無視して、車は元首邸内へ消えてしまった。

「いい加減にしないか！」

守衛が私を突き飛ばした。

「これ以上しつこいと逮捕するぞ。そもそもここにギガマツ様はいらっしゃらない」

何処にいけばギガマツ氏と会えるのか尋ねたが「知らん」と言われてしまった。

私のような一介の小娘にギガマツ氏の所在を調べる術はなかった。

諦めるしかなった。

追伸：私は今、病院でだんだんと体温を失っていく母の手を握りながら、この日記を書いている。私が母のためにできることは死ぬまで一緒にいてあげることしかない。

［イ歴1077年10月3日］

母が連れて行かれてしまった。

これで母は助かったのだと信じたい。


今朝《けさ》、突然、中年の男性が黒服の男達を連れて病室に押し入ってきた。男性は懐から1枚の写真を取り出して、寝台の母の顔と見比べた。

「間違いない。ギガマツのお付きメイドをしていた女だ。話の信憑性《しんぴょうせい》は高いな」

男性は私へと向き直り、朗らかな笑顔を作った。男性は如何にも仕事に疲れた中年男といった風貌《ふうぼう》だった。丸渕《まるぶち》メガネに垂れ目で、人が良さそうな印象を受けた。

「初めましてコロウさん。私はツラマ元首の秘書をしておりますダクミと申します」

私はこの男性を見かけていたのを思い出した。昨日、元首邸でツラマの乗った高級車に出くわした時、彼の隣に座っていたのがダクミ氏であった。

ダクミ氏は黒服達に命令して母を運び出そうとした。

唐突だったので私はやめさせようとしたが、ダクミ氏に
「あなたのお母さんを救うためですよ。もっといい病院へお連れして、優れたお医者さんに診てもらうのです。でないと、あなたのお母さん、死んでしまいますよ」

と言われたので従うしかなかった。

搬送されていく母に私は付いていこうとしたがダクミ氏に止められた。

「私があなたのお母さんを助けてあげるのは、あなたがギガマツの娘と思われるからです。だから、あなたは私に自分がギガマツの子である証拠を提示しなければなりません」

仕方なく、私はダクミ氏を自宅へ案内し、例の母の日記を見せた。

ダクミ氏はむさぼるようにして日記を読んだ。

「あなたは紛《まぎ》れもないギガマツの娘だ」

日記を読み終えたダクミ氏は確信したようだった。

「この世にはまだギガマツの血を引く者が残っていたなんて。私はうれしい。私はあなたに出会えてとてもうれしい」

ダクミ氏は手を叩き、満面の笑みを作った。

「確認できたのなら母の下へ連れて行ってください」と私は改めて頼んだ。

けれど断られた。

「また連絡します。決して、どこにも行かないように」という言葉を残し、ダクミ氏は去っていった。

追伸：母を助けてくれる救いの手が差し伸べられたはずなのに、どうしても不安感が拭《ぬぐ》えない。母とは二度と会えないのではないかという気がしてならないのだ。希望は残されたのだと懸命に自分へ言い聞かせる。

［イ歴1077年10月4日］

ダクミ氏が再び訪れてきて、母が一命を取り留めたと報告した。

私は歓喜し、母との面会を求めたが、その願いは聞き入れられなかった。

「彼女は絶対安静のため面会謝絶です。それに意識不明は続いているため会っても無意味です」

せめて搬送された先の病院名を教えてくれるように頼んだが、ダクミ氏は申し訳なさそうな様子で、それすら教えてくれなかった。

「あなたにはこれを支払ってもらわなければなりません」

徐にダクミ氏は私に請求書を渡した。母の治療にかかった費用であるという。非常に高額であった。貧しい母子家庭の些細《ささい》な貯蓄など軽く吹き飛んでしまう額であった。

「そして今後、入院医療費として毎月これだけの金額が必要になります」

ダクミ氏は本当にすまないのだがといった表情で、さらに費用を提示してきた。

「残念ながら、お父上を頼りにすることはできません。今のあの人には何の力もありませんし、どこにいるのかすらわかりませんから。私自身もあなたの助けになることはできません。私は元首の命令に従うしか能のない男なので。可哀相《かわいそう》ですが、あなたが自分でこのお金を払うしかないのです」

働き口を探さねばならない。

しかし14歳の小娘を雇ってくれる所なんてあるのだろうか。あったとしても間違いなく薄給だろう。必要な額を稼ぐためには日夜連日休まず働くことになるかもしれない。学校にも行けなくなる。

だがやってやる。母のために。

早速明日、職業紹介所へ行ってみよう。

体を売ることも考えたが私のような痩せっぽちでは大して稼げないだろう。むしろ変な病気をうつされて働けなくなってしまうデメリットの方が大きい。もし仮に大金を出して私を買いたいという奇特《きとく》な人がいたなら、その時は……。

［イ歴1077年10月5日］

とりあえず職を得るチャンスは摑んだ。

採用されるかどうかは私の頑張り次第だ。

今日、職業紹介所へ行ったところ、1人の老人が受付で揉《も》めていた。

「金ならいくらでも払うと言っとろうが」

という老人の発言が気になり、私は不躾《ぶしつけ》ながら聞き耳を立てた。

老人は家事をしてくれる家政婦を求めていた。

職業紹介所は老人へ過去に何人も紹介していたが、全員1日足らずで辞めてしまっているようであった。辞める理由は老人が専門的な知識を要する業務を家政婦に求めるためとのことだった。

紹介所は家政婦と専門的な知識を有する助手の2名を雇用するよう提案するのだが、老人は頑《かたく》なにそれを拒絶していた。老人は相当な偏屈で人間嫌いらしく「余所者《よそもの》を2人も自分の家に入れるなんて耐えられん。1人が限界だ」というのがその理由であった。

「専門的知識のある家政婦を紹介しろ」と言う老人に「そんな都合のいい人材はいない」と紹介所は突っぱねている。散々ごたついた挙句、老人は肩を怒らせながら紹介所から出て行った。

私は老人の後を追い、声をかけた。自己紹介し、失礼とは思ったが先ほどの紹介所での遣《や》り取りを聞いていたことを伝えた。

そして「私を家政婦として雇いませんか」と提案してみた。

突然、自身を売り込んできた私を老人は胡散臭《うさんくさ》そうに睨め回し、それからしばし考え込んだ。

「とりあえず試してやる。ついてこい」

老人は私を自分の邸宅へ連れ帰った。

邸宅はとても大きく、老人はそこで独り暮らしをしていた。

まず老人は私に家事をやらせた。

私はそつなくこなした。母が働きに出ていたので、家のことはすべて私が担っており、家事は得意であった。

「ふむ、いいだろう」と家事に関して老人は合格点をくれた。

「今度はこれだ」

老人は次なる課題を突き付けてきた。私は身構えた。それこそが、これまで何人もの家政婦を辞職へと追いやってきた専門的な知識を要する業務であった。

その業務がどういったものかというと、端的に言ってしまえば資料整理であった。

ただ資料整理といっても、その内容は極めて難解であり、分量は膨大であった。

資料は老人の不精によって、そこら中に散乱しており、何がどこにあるのか不明なカオス状態に陥っていた。彼が家政婦に求めるのは、その混沌としてしまっている資料の山に秩序を構築し、そして自分が欲する資料を直ちに持って来られるように整頓することであった。

老人は資料に関する説明を始めた。しかし、その説明は非常に雑だった。素人《しろうと》に理解させようという努力を一切放棄していた。老人は雑な説明を終えると、こちらが質問する暇も与えず「欲しい資料が見つからない時ほど、思考を阻害され、イラつくことはない。早速取りかかってくれ。ワシは忙しいのだ。声をかけるなよ。声をかけていいのはワシの方からだけだ。明日、テストをするから、それまでに何とかしておけ」と言い、どこかへ消えてしまった。自分の時間を1秒たりとも浪費したくないのだ、という考えがありありと窺《うかが》えた。

これまでの家政婦がすぐに辞めてしまうのも納得だった。これは途方に暮れてしまう。けど私は辞める訳にはいかない。必要なお金を得るため、なんとしてでも食らい付かねばならない。

追伸：私はこの日記を、着替えを取りに帰った自宅で書いている。

これから老人の邸宅へと戻り、徹夜で資料の内容を読解するつもりだ。読解しなければ老人のニーズに応《こた》えられるレベルでの整理整頓などできはしない。

学校の試験で毎回断トツトップを取り、周りから天才と評価されている私の頭脳を駆使すればできるはずだ。というか、やるのだ。為せば成る、為さねば成らぬ何事も、だ。

今のところ資料は飛行機に関するあれこれなのだということまでは理解できている。

［イ歴１０７７年10月６日］

睡眠不足で超眠い。すぐにでも眠りにつきたいが日記を書く。

危うかったが私は採用された。

正午前、私の前に老人が現れ、テストが開始された。老人は、ある資料を持ってくるよう指示してきた。

私はあちこちへと動き回り、紙の束を選び出し、老人に渡した。

徹夜の所為で目の下にがっつりクマができている私の前で老人はチェックする。そして「違う、これじゃない」と突き放すように言った。駄目か、と諦めかけたが老人は「だが惜しい」と言葉を続けた。

老人はもう一度、別の資料を持ってくるように指示してきた。私は該当すると思《おぼ》しき資料を集め、提出した。「違う、だが惜しい」と老人は再び言った。

「お前、当てずっぽうではなく、ワシの話と資料の中身をちゃんと理解した上で選んでいるようだな。これまでの奴らとは比べ物にならないほど見所がある。これならば物になるかもしれん。よし、お前で手を打とう」

老人は私を採用すると言ってくれた。

「ありがとうございます」

礼を言い、私は最も重要な部分へ言及した。

「いきなりではありますが、不躾を承知の上で、お給金に関してご相談させてください」

私が老人に自分を売り込んだのは、職業紹介所で彼が「金ならいくらでも払う」と発言したからであった。この人なら相応の働きをすれば自分のような小娘にも高い給与を支払ってくれるのではないかと期待したのである。でなければ、こんな面倒臭い老人の下で働こうとは思わない。正直な話。

駄目元で私は毎月必要となる金額を老人に提示した。一般的な家政婦が得る給与の倍以上の金額である。

流石にこれは無理だろうと思っていたのだが、老人は「構わん」と即答した。

要望はすんなり通ってしまった。老人は偏屈ではあったがケチではなかった。金銭感覚がないだけかもしれないが。

こうして私は老人の家政婦兼助手となった。

仕事を掛け持ちし、日夜連日休まず働く覚悟をしていた私であったが、そこまで無理をしなくても必要な額を得られる高給取りとなることができたのである。

追伸：老人の名前を書き忘れていた。ヨウキロさんという。職業は技術者らしい。

［イ歴1077年10月7日］

今日からヨウキロさん宅にて住み込みで働くことになった。日中メインで働かなければならないので学校には行けなくなった。義務教育なのだが止むなしだ。

私の資料整理の精度を向上させるため、ヨウキロさんが私に蒼航工学を教えてくれることになった。彼の専攻は蒼航工学。人類が空を飛ぶための技術の集大成となっている学問。家にある資料はすべてそれに関連するものだった。

資料整理さえできればいいので基礎中の基礎だけヨウキロさんは教えてくれた。

しかし、またしても雑だった。授業時間もすこぶる短い。この人は誰かのために自分の時間を割くということが大嫌いらしい。

自学自習が必要だ。この仕事をクビになる訳にはいかないのだ。賃金面で、これほど理想的な職はないだろうから。励まねば。努力して早く仕事を完璧《かんぺき》にこなせるようになるのだ。

［イ歴1077年10月22日］

この仕事にも少しだけ馴れてきた。

まだまだ至らない点はあるけれど、当初と比べれば求められた資料を正確に、そして即座に提出できるようになってきた。ヨウキロさんの仕事の効率を上げ、余計なストレスを減らすことに貢献できていると思う。

しかし決して油断はしない。馴れ始めが最もポカをやらかし易いのだ。私はそんなテンプレを犯すような迂闊《うかつ》な女ではないのだ。

追伸：ここで働くようになってから実感したのだが、私は誰かの支えとなることに生き甲斐を感じる性分のようだ。もしかしてこれは母親譲りのメイド気質なのかもしれない。

［イ歴１０７７年10月24日］

驚いた！

ヨウキロさん、実はすごく偉い人だった！

なんと蒼航工学を開いた蒼の賢者の１人だったのだ。富だけでなく名誉もあったのだ。周囲から教授と呼ばれていた。今後、私もそう呼ぶことにする。

私は、そんな偉人の支えになっているのだと思うと、ますます仕事に身が入る。


追伸：夜、寝ようとすると泣いてしまう。

今の生活環境は充実しているけど、私の心は満たされない。

だって母がいないから。

恋しい。

母に会いたい。

［イ歴1077年11月4日］

ヨウキロ教授から本格的に蒼航工学を教えてもらえることになった。

今日、ヨウキロ教授が飛行機の図面を引いていたので、それを見た私は何気なく「主翼をもっと後退させてしまったら面白いのではないでしょうか」と言った。

教授は目を剥いて私を見た。

私は、しまった、と後悔した。素人が超一流のプロの仕事に口を出すとは何事か。怒鳴られるような真似を私はしてしまったのだ。「申し訳ありません。出しゃばりました」と詫び、頭を下げた。

教授は口を開いた。

「今のアイディアは、どこかの資料に載っていたものか？」

「いえ、自分で考えました」

教授は私へ向き直った。

「詳しく聞かせてもらおうか」

そう言われたので私はおずおずと自分のアイディアを語った。

「荒唐無稽《こうとうむけい》だ。実現不可能だ。だが面白い。とても斬新《ざんしん》だ。若さゆえか……、はたまた女ならではの着想か……。……むむ、これは来たぞ。閃《ひらめ》いた！　閃いたぞ！　新境地が開けた！」

聞き終えた教授は急に興奮し、物凄い勢いで図面の修正を開始した。彼は作業の手を止めることなく言った。

「よし決めた。明日から本腰を入れてお前に蒼航工学を伝授する。嫌とは言わせんぞ。これもお前の仕事の一環とするからな」

私は喜んだ。私はこの仕事を通して、蒼航工学の魅力に取り憑かれ始めていたから。

「勘違いはするなよ。すべてはワシのために教えるのだからな。お前の発想力はワシの脳を活性化《かっせい》させてくれる。だからワシの糧となってもらうぞ。お前はワシにとっての『脳刺激機』となるのだ」

脳刺激機という謎《なぞ》の装置の役目を負わされることに不満はなかった。たった1人で飛行機の設計をすべて行えてしまう人物から本気で蒼航工学を教授してもらえるのだから。

しかし本当に私でいいのか、という不安はあった。

私は尋ねた。

「私では力不足ではないですか？　脳に刺激を与えたいのならば、私のような素人に毛が生えた程度の人間を相手にするのではなく、教授と同レベルのプロと議論した方が遥かに有意義であると思いますが」

私の言葉に教授は顔中シワだらけにして渋面を作った。

「ワシと同レベルの奴はムカつくクソ野郎しかいないから会話したくない。純粋に技術面での議論を戦わせようとしても、あいつらはすぐに人の人格を攻撃してくるんだ。だから絶対に嫌だ」

［イ歴1077年11月5日］

本日から本格的な蒼航工学の授業が始まった。

以前の授業が児戯《じぎ》に思えるほどマジだった。1日の授業時間もこれまでの6倍、ヨウキロ教授は自分の時間を私のために費やしてくれている。

教授の性格について1つ解ったことがある。彼は、自分のためになると明確にわかっていることであれば非常に熱心なのである。そうでなければ無関心となり、限りなく手を抜くのだ。だから応対が色々と雑になる時が多々あるのだ。

今、私にこれほどの労力と時間を割いてくれているということは、私の能力が有用であると確信しているからである。つまり私に期待しているのだ。プレッシャーだが悪い気はしない。期待に応えたい。

［イ歴1077年12月4日］

今日、ヨウキロ教授は私をある場所へと連れて行った。

郊外にあるその場所には滑走路と格納庫があった。そして、その格納庫には戦闘機・快音が収められていた。

驚くべきことにそこは教授が軍部へ我がままを言って造らせた教授専用のテスト飛行場だった。教授個人の裁量で、好きな時に、好き勝手に飛行機をテスト飛行させることが可能となっていた。

「ワシくらいになれば、この程度の優遇など当然だ。さて、では早速テスト飛行をするぞ」

飛行服に着替えた教授を見て私は目を見張った。

「まさか教授自らがテストパイロットになるのですか？」

「ワシが満足できるテスト飛行を行える者がおらんのでな。ワシ自身がテストパイロットをやるしかないのだ」

テストパイロットは、単に飛行機を操縦できるだけでは務まらない。テストの目的を理解し、目的に沿って飛行し、飛行機に異変があればそれを正確に察知して対処し、最後に結果を精細に文書化して報告する技能が必要なのであった。すなわちパイロットとしてだけでなく、ひとかどの技術者としての能力が求められるのである。これまでのテストパイロット達で教授を納得させられるレベルの能力を持った者は誰もいなかったのだ。ゆえに教授自らがテストパイロットを担ってきたのである。

私も飛行服に着替えさせられた。複座式となっていた快音へ教授と共に乗り込み、滑走路から離陸する。私にとって初フライトであった。恐怖を感じたが、それは最初だけだった。大空へ上がると、心は爽快感で占められた。人間という元来飛べない生物が飛んでいるのである。それは生まれ変わりに等しい行為であった。

ヨウキロ教授の操縦は達者であった。旋回・上昇・降下・捻り・宙返りなど、あらゆる軌道を描いてみせる。私は興奮した。

「お手本は見せたぞ。ではコロウ。そろそろお前に操縦してもらおうか」

しばらくして教授が、そんなことを言い出した。複座式快音は私の席からでも操縦可能である。

仰天する私に教授は「お前にはワシの代わりのテストパイロットになってもらわねばならん」と言った。

「本腰を入れて蒼航工学を教えるようになってから、この短期間でお前はワシの脳刺激機として十分機能するようになった。それどころか生意気にも一端のアイディアを立ち上げてワシと議論を戦わせるまでに成長した。お前には技術者として非常に高い能力がある。だから後は操縦技術さえ身に付ければ、お前はワシが理想とするテストパイロットになれる。ワシが保証する。それに急ぎで代わりが必要なのだ。ワシは間もなく飛べなくなるからな」

教授の体は重い病に蝕《むしば》まれていた。その影響のため身体の一部で自由がきかなくなり始めていた。

「お前並の人間を他で探すとなれば多大な時間を必要とするだろう。ワシは時間の無駄を絶対にしたくない。残りが少ないのだから尚更だ。テストパイロットになれ、コロウ。操縦技術はワシが指導してやる」

教授の言っていることは非常識だ。倫理にもとる。なぜかというとテストパイロットは非常に危険な仕事だからだ。データ収集のため、無茶な飛行をするので常に死の危険が付きまとう。1週間に2~3人のテストパイロットが死亡するというケースもある。そんな役割を年端もいかない私に負わせようというのだ。

私はヨウキロ教授という人物を表すのに最適な言葉を思い付いた。

エゴイスト。

己の利益《りえき》が最優先。自分がやりたいこと以外は、すべてどうでもいい。常識や倫理など知ったことか。

私はそんなエゴイストに回答した。

「やります」

理由は単純に飛行機を自分で飛ばしたかったからだ。

「よしっ！」と教授は似合わないガッツポーズを決めた。

「じゃあコロウ、早速この快音を操ってみろ」

教授に促され、私は操縦桿を握った。緊張で手が震える。蒼航工学を学習しているので、既に操縦法の知識はある。それに従い、コントロールしてみた。けれども機体は全く思い通りにならなかった。操縦桿を握る微細な力加減がすぐさまマニューバに影響する。少し動かしただけで機体が大きく傾いてしまい安定しないのだ。終いには反転しそうになった。悪戦苦闘の末、私はどうにか機体の動揺を抑えるのに成功した。

「今日はこのぐらいにしておこうか」

教授のぐったりした声が聞こえた。

「お前があまりに機体をグラグラ揺らすからワシは酔ってしまったよ。コントロールを返してもらうぞ」

短い時間ではあったが、それでも主翼が風を捉える感触を、操縦桿を通して味わうことができ、私は感動した。

本日から私はヨウキロ教授の家政婦兼助手兼脳刺激機兼テストパイロットとなった。

［イ暦1078年1月4日］

新年早々、元首秘書のダクミ氏が私に会いに来た。

会うのは3か月振りだった。

私から接触することはできない。連絡を取ることすらできない。ただ入院医療費を払うだけの関係が続いていた。

母のことが知りたかった。私は喰いつくようにして母の容態はどうなっているのか尋ねた。

「相変わらず意識は戻らないが安定はしています」とダクミ氏は答えた。

会わせて欲しいと頼み込んだが、前回同様、申し訳ないといった様子で拒絶された。なぜ会わせてくれないのか尋ねてもダクミ氏は困ったような表情を浮かべるのみで明確な回答をしてくれなかった。

不信感が募る。

追伸：ダクミ氏と会った時、彼は私の姿を見て、一瞬だけとても不快そうな表情になった。あの態度は何だったのだろう。
また「お金はどうやって工面しているのか？」と、しつこく何度も尋ねられた。私は「いい仕事が見つかったから」とのみ答え、具体的な回答はしないでおいた。

［イ歴1078年1月5日］

今朝、ダクミ氏から連絡があった。

なんと今月から医療費の支払いが2倍になるという。

値上げの理由を尋ねると、母の容態が急変し、治療のためによりお金がかかるようになったというのだという。具体的にどう容態が変わって、どのような治療になるのかさらに尋ねると、ダクミ氏は「私は医者ではないのでわかりかねます」と答えた。

ふざけんな、と思った。

しかし払わない訳にもいかない。

私はヨウキロ教授にテストパイロット手当てを賃金に追加してもらえないか頼んでみた。教授は
「金の話か？　金の話は鬱陶《うっとう》しい。テストパイロットだけでなく脳刺激機手当ても含めて賃金4倍にしてやる。それで文句はないだろ。はい、この件はこれでお終い」

と言ってくれた。

教授はエゴイストだが、私にとっては好都合なエゴイストだ。

追伸：念のために記しておくが私はヨウキロ教授を経済的に困窮させていない。教授は富豪

だ。流石、蒼の賢者だけあっていくつも特許を持っており、それによって莫大《ばくだい》な収入を得ている。しかも研究に明け暮れているので、貯まっていくお金をほとんど使わない。だから私の賃金が4倍になったところで、教授にとって、どうということはないのだ。

［イ歴1078年3月20日］

今日、外出先から戻ってくるとヨウキロ教授がプンプン怒っていた。

突然、役所の人間が現れて、私の雇用には問題があるから解雇しろ、と言ってきたそうだ。

教授は「訳のわかんねえこと言ってんじゃねえ！　うぜえんだよ！　馬鹿たれ共が！　ワシの邪魔をするな！」と杖をぶん回し、追い払ったそうだ。

危ない所だった。教授の性格に感謝だ。

この仕事を奪われてしまったなら母の医療費が払えなくなってしまう。

［イ歴1078年4月4日］

なぜダクミ氏が私を母に会わせくれないのか、その理由がようやく判明した。

すべては国家元首ツラマの所為だったのだ。


「あなたは死なねばなりません」

久しぶりに私の前へ現れたダクミ氏は、これまでで最も申し訳なさそうな様子で、そう言った。


「ツラマ元首があなたの死を望んでいるのです」

事情は以下になる。

ダクミ氏は立場上、私が本当にギガマツの娘であることをツラマに黙っている訳にはいかなかったので報告した。そうしたところツラマは、私が国家元首の座を簒奪《さんだつ》しようとしているという強迫観念に取り憑かれてしまったというのである。ツラマはギガマツ氏の血筋に元首となる権利があると考えてしまっているそうだ。実際はもちろん違う。今までは、そうした存在は彼1人だけだったが、私という存在が出現したことにより、自分の地位が奪われると恐慌をきたしてしまったとのことである。

だから私に死ねというのだ。

「馬鹿げている！　私はそんなことしませんし、そもそもできる訳がない！」

私は抗議したがダクミ氏は首を横に振った。

「確かに馬鹿げています。ですから私も説得したのですが駄目でした。元首は度重なる心労により既に正気を失っています。あの方は一度自分の妄念に取り憑かれると二度と抜け出せなくなるのです」

「どうしてそんな人が元首を続けていられるのですか⁉」

「仕方ありません。たとえおかしくなっていたとしても制度上排除することはできないのです。彼は永世国家元首なのですから」

この国はどうかしている。私は心底思った。

「あなたをお母さんと会わせてあげられないのも、これが理由なのです」

「……母は人質ということですか」

「察しがいい。その通りです。お母さんはあなたを逃がさないため、そして反抗させないための人質となっています。ゆえに会わせられないし、居場所を教えることもできない」

私は項垂《うなだ》れ、顔を両手で覆った。ろくでもない元首の被害妄想で、こんな目に遭わせられていたとは。

「あなたは死なねばなりません」

ダクミ氏は私に同情的な視線を向けて、その言葉を繰り返した。

「さもなくば、お母さんに害が及びます」

私は数分間沈黙した。その数分は考えるための時間ではなかった。覚悟を決めるための時間だ。選択肢はないのだ。母を見殺しにして生き続けるなんて私にはできない。

「わかりました」と私は答えた。

「それで私はどう死ねばいいのですか？　自殺しろというのですか？」

問いに対してダクミ氏は不可解な答えを返してきた。

「どう死ぬのかは、あなたにお任せします」

私は首を捻った。

「？　言っている意味がわからないのですが」

「自由に死んでくれていいと言っているのです。そして死ぬまでに何をしても構いません。たとえば自身がギガマツの隠し子であることを大っぴらにするなどしても結構です。最終的に死んでさえくれればいいのです」

「……理解できない。どういうことなのですか？」

ダクミ氏は嘆息し、肩を竦めた。

「私だって理解不能です。しかしこれがツラマ元首の意思なのです。もしかしたらあなたに対する最後の優しさなのかもしれません。あなたと元首は異母兄妹なのですし」

母を人質とし死を強要しておきながら何が優しさだ、と私は馬鹿馬鹿《ばかばか》しく思った。

けれどもありがたくはあった。自殺はしたくなかった。絶対に自殺だけはしたくなかった。自殺は、産み育ててくれた母の愛情を、私自身の手で踏みにじる裏切り行為だ。

「で、どうしますか？　私にできることがあれば協力しますが」

ダクミ氏は真剣な表情で私の顔をじっと覗き込んでくる。

生の自由は奪われたが、死の自由は残された。どこで、何をして、どう死ぬのかを自分の意志で決めることができる。

「ダクミさん。お願いがあります」

私はダクミ氏に頼んだ。

私を戦闘機乗りにして欲しい、と。

私は空が好きだ。

だから死に場所は空が好《よ》かった。

加えて私は母の教えを守りたかった。

自分のためではなく何かのため、もしくは誰かのために生きなさい。そうしないと人生は無意味。逆にそれさえ行えば人生はとても素敵なものになる。という教えを。

私は誰かのために生きて死ぬことにした。

その誰かとは、母と、そしてこの国に住むすべての人々とした。

こんなことになってしまった遠因はコクト国民にある。コクト国民がツラマという独裁者を認めてしまったから、戦争勃発へとつながっていったのだ。

その点を理解した上で私は敵と戦おうと思った。戦闘機乗りとなり、襲来してくる敵機から人々を守る。そうして自分のような不幸な境遇に陥る者をこれ以上出さないようにするのだ。そのために私は生きて死ぬ。

私の願いを聞いたダクミ氏は数瞬の間の後、深く感心したように何度も頷いてから笑顔を浮かべた。

「面白い。とても面白い。まさかそんな突拍子もない提案をしてくるなんて。想像もつきませんでしたよ。いいでしょう。その願い、叶えてあげます。軍務に服するためには年齢面での障害がありますが、それは私の方で融通をきかせましょう。飛行機を操縦する技術は既にお持ちのようですから、すぐにでも実戦に出られるようにしてあげます。存分に戦いなさい。戦争の中で果てるといい」

追伸：日記を書きながら今日という日を振り返ってみると、やはり腑《ふ》に落ちない。この話はおかしい。私を危険視しているならば、すぐに殺せばよいのだ。私が正体を明かしてから既に半年間が経っている。なぜ半年間、私を生かしておいたのか。なぜ今になって私に死ねと言うのか。しかも自由に死んでいいなんて。
筋が通らない。

何か裏があると思うのだが、母が人質にとられている以上、私にはどうしようもない。従うしかないのだ。だったら立派に戦って死んでやろう。選択肢がなかったにしても、その道を選ぶことにしたのは他ならぬ私の意志なのだから。

［イ歴1078年7月8日］

隊長達がやらかしてくれた。

私の顔が全国紙のトップを飾ってしまったのだ。

私に無断で。


私は、いつものように搭乗員待機所で新聞を開いた。

一面で私がデカデカと掲載されていた。

驚いた私は椅子ごとひっくり返った。

新聞の見出しは
『コクトの空を守るヒーロー『大空の君』現る！』

となっていた。

「大空の君って何だ？　一体何の話だ？」

私が頭に大きなクエスチョンマークを浮かべていると、カノー隊長がニヤニヤしながら近づいてきた。周囲の隊員達もニヤニヤしながら私を見ている。

「その新聞に使われている写真、よく撮れているだろ」

その発言から事件の犯人は隊長であると私は確信した。私は隊長を問い詰めた。

隊長は、しれっと言った。

新聞社から私を取材したいというオファーが来ていた。だから受けた、と。

「私の意志は？」

と尋ねると
「え？　それ、いるの？」

隊長に悪びれた様子は皆無だった。酷過ぎる。

「新聞社が言うには、日々の爆撃に苦しめられている国民は、自分達を元気づけてくれる希望の星を心から欲しているらしい。そこで話題性がある初の女戦闘機乗りのコロウに、その役目を担ってもらおうと企画したそうだ。ほら見てみろ。お前の特集が組まれているぞ」

記事には、「うら若い女性の身でありながら猛々《たけだけ》しい戦闘機を駆って敵を撃ち滅ぼし我々を守ってくれている見目麗《うるわ》しい英雄、その名はコロウ」などという称賛の文と、やや誇張気味な私の戦歴が書かれていた。そして大小さまざまな私の写真が掲載されていた。軍務中のものだけではない。私生活での場面まで載っている。こんな写真、いつの間に撮ったか尋ねると、レーコ中尉が中心となって撮影したとのことである。

「これは人気でちゃうぜコロウちゃん」

その撮影班の首魁《しゅかい》が横から新聞を覗き込みながら得意満面に宣《のたま》った。

私はワナワナした。

追伸：隊長は「希望の星になると死にづらくなるだろ。死ねば全国民を絶望させるからな」とも言っていた。

どうやら私の死にたがりを抑止する目的もあったようだ。だが敢《あ》えて言わせてもらう。

ふざけんなこの野郎。

［イ歴1078年7月10日］

私の記事を載せた新聞が売れに売れて、過去最高の売り上げを記録したらしい。

国民が明るい話題を渇望しているのは本当のようだ。私を希望の星に祭り上げた程度のネタで、ここまで喰いつくのだから。

確かに今のコクトには暗いことしかないので無理もないのかも知れない。いつ終わるとも知れない戦争、毎日爆音を立てて飛来する敵爆撃機への恐怖、現状を打開しようとせず歯向かう者を秘密警察で手当たり次第に粛清してばかりいるツラマへの不信感などなど。

追伸：数人の民間人が生の私を一目見ようと基地へ訪れて来た。

レーコ中尉が「ファンサービスしろ」と言って私を引っ張り出そうしたが、私は断固拒否した。

「なんというやる気の無さ！　貴様！　それでもオスか！」

「いえメスです」

という不毛な遣り取りをして、私は逃げて隠れた。

冗談じゃない。ファンサービスだなんて、そんな恥ずかしい真似できない。私は表舞台に立つのではなく、陰で支えたいメイド気質なのだ。

［イ歴1078年7月12日］

今日の私は非番だった。

だから一日中、自室で戦闘機の図面を引いていた。

誰にも内緒で密《ひそ》かに設計している私オリジナルの機体の図面だ。

この機体について語らせてもらうと、パイロットの負担軽減に重点を置いて設計している。

もっとも気を使っているのは計器類の配置だ。これまでの機体は計器類があちこちに散らばっていた。それらを見るために、パイロットは視線をさまよわせなければならず、これが結構な負担となっていた。

そこで私のオリジナル機体では計器類を前方の1か所へコンパクトに集約させた。これで前方のみに視線を向けていればよくなり、パイロットの負担を軽くすることができる。

さらにパイロットを癒《いや》す手段としてコックピットに洗面所と簡易台所を装備させてみた。

まさに気遣いが溢《あふ》れた機体なのだ。

私はこの世から消えなければならない。

だから私という存在が、この世にいたという痕跡を残しておきたいと思う。このオリジナル機体の設計も、そんな気持ちの表れだ。

私がいなくなった後で、誰かがこの設計図を基に、私のオリジナル機体を形にして空を飛んでくれたなら、とてもうれしい。私は確かに、この世にいたということになるから。

［イ歴1078年7月14日］

カノー隊長の懸念《けねん》事項が現実となってしまった。

今日、突撃用くさび隊形が完全に破られたのである。

敵の新兵器が出現したのだ。

いつものように私たち空咲部隊は管制塔の誘導を受けながら敵爆撃編隊迎撃へと向かった。

すると第14戦闘団が先に接敵していた。

14戦闘団は綺麗な突撃用くさび隊形を組み、まさに敵バトルボックスを突き崩そうとしていた。

次の瞬間、くさび隊形の鼻先で爆発が起こった。

爆発は1回に止まらなかった。2回、3回と続いた。14戦闘団のくさび隊形は爆発に飲み込まれ、バトルボックスへと達する前にコナゴナとされてしまった。

《砲撃だ！》

最初に事態を看破したのは隊長だった。

《奴ら空に大砲を持ち込みやがった！》

砲撃してきたのはバトルボックスの先頭にいた双胴機《そうどうき》であった。双胴機とは胴体が2つあり、

1枚の主翼でつながっている航空機のことである。そいつは既存のH7を合体させた9発双胴機であった。双胴の間に旋回可能な連装砲が備え付けられていた。巡洋艦あたりから転用したに違いない。

突撃用くさび隊形がバトルボックスへ突っ込む前に圧倒的火力によってこれを粉砕する、という設計思想の下、開発された機体なのであろう。空対空砲撃機という新機種に分類されると思われる。

そして期待された通りの効力を発揮したのであった。いくら重装快音といえども艦載砲の攻撃力を凌《しの》ぐことはできない。

突撃用くさび隊形は敗れた。

しかし私たち空咲部隊は間に合っていた。

本日が柳弾による空対空爆撃の初実戦投入日だったのである。

柳弾を積んだ機体は3機。うち1機は隊長機である。3機は上昇し、十分な高度を取ると機体を反転させ背面飛行になる。この背面飛行になるという行為は、これまでのシミュレーションから編み出された手法である。水平飛行では下方が見えないので目標を狙いづらい。背面飛行なら見上げる形で敵機を視認できる。

3機は逆さ落としで急降下を開始する。編隊を組まず、単独でそれぞれ異なった方向からバトルボックスに仕掛けていく。ギリギリまで柳弾を離さない。これは一種の急降下爆撃である。

急降下爆撃において命中精度を高める方法は、できるだけ爆弾と一緒に降下を続けることである。自分が爆弾の一部になり、目標までエスコートしてやるのだ。

3機は敵砲の有効射程距離スレスレで柳弾を投下した。敵の射程圏内に飛び込んでしまわないよう機首を上げ、即座に退避軌道へと移る。

放たれた3発の柳弾はそのまま落下を続け、敵バトルボックス上空で、その時限信管を作動させた。残念ながら近接信管は未だ完成していないのだ。ボンという音がして煙が四方八方にほとばしる。煙は柳状の傘を形成する。開かれた3つの傘は覆い被《かぶ》さるようにしてバトルボックスを包み込んだ。そして親爆弾から飛散した無数の小爆弾が一斉に炸裂する。小さな閃光《せんこう》がいくつも閃いた。敵バトルボックスの周囲で火花の嵐《あらし》が踊り狂う。敵機の姿を覆い隠してしまうほどの量の火花が放出される。連続する破裂音が合わさって破壊の旋律を奏でた。

火花の後には薄靄《うすもや》のように煙が漂い、その中から敵機が姿を現す。機体の破片をバラバラと降らせ、体中から煙の尾を引いている。エンジンが停止していたり、胴体から火を噴いている機体もある。敵機は痛打を被り、己のポジションを維持することができなくなっていた。整然としていた隊形が崩れていく。

柳弾によるバトルボックス粉砕は成功したのであった。

後はいつも通りの狩りの時間となった。

空咲部隊は敵の新兵器を相手にしながらも勝利を収めることができた。

しかし喜ぶことはできない。突撃用くさび隊形は、もはや敵に通用しないのだ。柳弾があるが、それを運用できるのは今のところ空咲部隊のみである。柳弾を量産し、空対空爆撃のノウハウを各戦闘団に普及させるには時間がかかる。その間に迎撃部隊の損耗率は急上昇し、コクト国の爆撃被害は増大するだろう。

喜べないことがもう1つある。敵の空対空砲撃機が撃った砲弾には近接信管が使われていたのだ。間違いない。でなければ、あんなタイミングよく突撃隊の手前で爆破《ばくは》させることはできない。敵は、こちらが喉《のど》から手が出るほど欲していた技術を先に完成させてしまったのである。

［イ歴1078年7月24日］

今日、私宛《あて》に電話が来ている、と呼び出された。

電話に出てみると元首秘書のダクミ氏だった。

ダクミ氏と話をするのは、およそ3か月振りだった。この空咲部隊に放り込まれてから一切、音沙汰がなかったのだ。

私は緊張で全身を強張《こわば》らせた。未だに死なないでいる私にツラマが痺《しび》れを切らし「今すぐ死ね」とダクミ氏を通して言いにきたのだと思ったのだ。受話器を持つ手が震えた。

言葉に詰まる私をよそに、電話の向こうのダクミ氏は、いつもの申し訳なさそうな様子で「ずっと連絡できなくてすまないね。私も多忙な身なので」と話し始めた。

ダクミ氏は私の近況に関して、あれこれと尋ねてきた。

私は緊張の余り、答えが虚《うつ》ろになってしまった。

「周囲は男ばかりだから苦労しているだろうね」とか「国民の間で大空の君は盛り上がっているね」とか「オリジナル戦闘機の図面が完成したら私にも見せておくれよ」とか、愚にも付かない世間話のような会話が続いた。

私は我慢ができなくなり

「本題は何なのですか?」

と言った。するとダクミ氏はしばらく黙った後、

「あなたの現状を確認することですよ。元首から聞かれてしまいましてね。ですから、この会話自体が本題といえます。十分に目的は果たせましたので、そろそろ失礼します。それでは」

電話は切れた。私は受話器を見つめた。「今すぐ死ね」と直接的なことは言われなかったが、精神的な揺さぶりをかけられた気はした。嫌な気分になった。私は受話器を叩き付けるようにして本体に戻した。

［イ歴1078年7月30日］

私は今、この日記をいつもの寮舎で書いていない。

出向先であるツトツ海沿いの基地で書いている。


空咲部隊の基地が担当地域の変更により移転することとなった。

移転先はコクト国首都を敵爆撃機から守るための最重要ポイントである。最重要ポイントであるため、今まで以上の激戦が予想される。

移転作業が完了するまでの間、パイロット達には休暇が与えられた。これはありがたいことであった。刻一刻と悪化の一途を辿る戦局によって連休などのまとまった休みを取ることが不可能となっていたから。連休どころか丸一日、休日とするのも難しい状況だったのである。

しかしこの休暇の対象外となる者が4名出た。

カノー隊長、ヨッガ少尉、レーコ中尉、そして私である。

私達4人は基地司令官ズミィオの命令により、移転完了までツトツ海に程近い基地で戦わされることになった。

これはズミィオの嫌がらせ采配《さいはい》らしかった。

ツトツ海沿いは敵戦闘機の活動範囲内であるため、対爆撃機戦だけでなく対戦闘機戦も行うことになる。

「タフでなかなか墜ちない爆撃機ばかりをずっと相手にしてフラストレーションが溜まっていたんだ。戦闘機なら10発程度当てれば撃墜できる。楽だ。スコアも伸ばせる」

休みを潰されたがレーコ中尉は上機嫌だった。

私達は自機で直接、基地へ向かおうとした。けれども隊長の機体にトラブルが発生した。時間の関係で仕方なく隊長を残し、３人で先行することになった。

基地に到着すると、そこには驚くべき光景が待ち構えていた。基地には燃えて黒焦《くろこ》げとなった戦闘機の残骸《ざんがい》が転がるのみで、飛行可能な機体は1機もなかったのである。

「戦闘機はほとんど内地の爆撃機迎撃任務に回されてしまうので、ここには少ししか配備されないのです。その僅かな機体も敵戦闘機が頻繁に来襲するのですぐに破壊され、御覧のような有様になってしまいます。そんな訳で、ここでは空を飛んでいる航空機の敵味方の識別をする必要がありません。飛んでいるのが敵機、飛んでいないのが味方機ですから」

ハハハハ、と基地の整備員は乾いた笑い声を上げていた。

「それはそうと大空の君、握手してもらっていいでしょうか。僕、あなたのファンなのです」

こんな所にまで私の名前は広まっていた。

私が苦笑い気味の笑顔で整備員の要望に応じようとした瞬間、基地の警報が鳴り響いた。敵戦闘機編隊が出現し、海岸線を荒らし回っているとのことであった。

出撃できる戦力は、今しがた到着したばかりの私達3機しかいない。燃料にはまだ余裕があったので直ちに私達は機体へ飛び乗った。

3機は離陸し、敵編隊が確認された方角へ飛行する。

報告によると敵の数は単発戦闘機が6機だそうである。こちらの2倍の戦力である。けれども途中で、その情報が修正され、敵数は12機であるという連絡が入った。こちらの4倍である。しかし実際に敵編隊を発見してみると、その数は24であった。8倍である。

《よくあることだ》

ヨツガ少尉は、この事態を一言で片づけてしまった。

レーコ中尉も《戦場のあるあるネタだね》と相変わらずのお気楽さである。

敵機はしきりに地表を機銃掃射していた。敵が撃っていたのは戦闘員ではなかった。海を生活の糧としている民間人を射殺していたのである。海上には燃え盛る漁船がいくつも浮かんでおり、穴の開いた乗組員の遺体が波を赤く染めて漂っている。浜辺にも砂を被った死体が散乱していた。死体には明らかに女性や子供が交じっている。身をかがめ、頭を押さえて逃げ惑う住人達を敵機は容赦なく撃ち殺していく。

《こりゃ一刻を争うな。ヨツガ、始めようぜ》

《ああ。コロウ、戦闘機との実戦は初めてだろう。私とレーコの2人のみで何とかする》

《24機を相手にたった2機でですか？》

《そうだ。お前は参加しなくていい。上空で見ていろ。もし敵が来たら逃げるんだ。くれぐれも妙な真似はするな》
《ヨツガの言う通りだぞ、皆まで言わなくてもわかっているよな、死にたがり》
「了解です」
私は素直に従った。口答えすれば時間が消費され、それだけ民間人の死傷者が増えることになってしまうから。
私達は敵より高位にいた。空戦十則にもあるように戦闘開始時、高い位置にいる方が優位となる。高度があれば降下によって速度を得ることができるからだ。
《ヨツガ、敵の隊長機は俺が頂くぞ》
《好きにしろ》
ヨツガ少尉機とレーコ中尉機は太陽を背にして敵編隊に突進した。
敵の機体はガレス製ルシュウ国主力戦闘機『HF3・コーレム』である。両翼に12ミリ機銃3門ずつ、計6門の武装を持つこの機体は快音の好敵手であった。
レーコ中尉機から放たれた機関砲弾が隊長機と思しき機体に吸い込まれていく。敵隊長機は火を吹いて爆発、3つの炎の塊になって落下していく。
ヨツガ少尉も1機撃墜、敵戦闘機が黒煙の尾を引きながら背面飛行となって地上に消えていった。

敵編隊は突然の奇襲に慌てふためき、残った22機は蜘蛛《くも》の子を散らすように散開し、応戦してくる。そこら中に戦闘機が乱舞する。空中衝突しないのが不思議なくらいであった。旋回と射撃が繰り返され、撃墜されたことを示す爆煙の痕跡が空中に浮かぶ。

飛び回る戦闘機群の中で明らかに他とは異質の2機が見受けられた。その機影は両方とも快音であった。

内1機の機体番号は黒の16番、レーコ中尉機であった。射撃の天才の戦いぶりは噂に違わぬ凄まじさである。彼の『見越し射撃』は完璧であった。

見越し射撃とは移動する敵の未来位置を読み取り、銃弾を命中させる射撃法である。レーコ中尉機が何もない空間へ短連射を行う。すると放たれた銃弾の群れが丁度通りがかった敵機にぶつかり、着弾の火花と破片を散らすのであった。

観戦している私は驚嘆した。まるで敵が自ら弾へ当たりに行っているように見えるのだ。

さらに中尉が凄いのは、敵機の未来位置だけでなく、己の射撃弾道も見えているという点であった。通常、パイロットは発光する曳光弾で弾道をチェックし、射撃を修正して目標に命中させる。しかし中尉はそうしたプロセスなしで、いきなり命中弾を与えるのだ。

よって彼は曳光弾を一切使わない。曳光弾の混じっていない弾道を肉眼で視認することはできない。確認できるのは発射時のマズルフラッシュのみである。したがって目に見える状況としては、レーコ中尉機が撃つ。突然、敵機が穿《うが》たれる。レーコ中尉機が撃つ。不意に敵機が火を噴く。レーコ中尉機が撃つ。いきなり敵機が爆散する。となるのである。傍《はた》から見れば、不可視の弾丸で敵機を撃墜しているようなその有様はまるで魔法であった。ゆえに付いた渾名が魔術師なのである。

また中尉は獲物を追い求めることに関しても極めて貪欲《どんよく》であった。狙うのが困難な位置にいる敵機に対して、無理矢理機首の角度を変えて撃つのである。スロットルを絞り、スピードブレーキをかけ、着陸時に使う主脚まで出して空気抵抗を増し、急激な減速を行って銃口を目標へと強引に向ける。これにより彼は短時間で連続して敵機を撃墜するという絶技を披露する。

だが無理な軌道をしたため機体の速度は完全に失われ落下状態に陥り、操縦不能となる。この状態で敵に狙われたら一溜《ひとたま》りもない。けれども中尉にとって、それは無用な心配である。相手はすべてやられてしまっており、レーコ中尉機の周囲に、もはや敵影は存在しないのであった。

中尉の戦い方は攻めの一点張りである。防御行動をほとんど行っていない。撃たれる前に撃つ。敵に攻撃の機会を与えない。そうすれば自分が危機に陥ることはない。敵の撃墜ばかりを求めるパイロットは長生きできないものである。しかしレーコ中尉ほどの腕前に達してしまえば、通例から外れた存在となるのであった。

異質な2機の内、もう1機の機体番号は黒の12番、コクト国の撃墜王ヨツガ少尉であった。

少尉機は低高度で戦いを繰り広げていた。低高度での戦闘は地上が近いため、非常に危険で難しい。相手を低位から攻めようとすれば地表が邪魔となるし、高位からだと勢い余って地面に突っ込んでしまう危険性がある。

そうした難しい環境下で、操縦の極みと称えられた男はヒラリヒラリと自在に飛んでいた。低高度であることを忘れているかのようなマニューバである。敵機はどうにかして少尉機に食らいついていこうとするが完全に翻弄されてしまっていた。少尉機は捻りを加えてUの字を描く軌道を反復している。何度も地表間近まで接近し、スレスレで上昇に転じる。敵機はそれに付いていこうとした。それは愚かな選択であった。上昇が間に合わず敵2機が同時に地面へ激突した。少尉機がU字を描く度に地表には焦《こ》げた染《し》みが出来上がっていく。ヨッガ少尉は1発の銃弾を撃つこともなく、次々と敵機を墜としていったのだ。

やがて敵は少尉機を追跡することの愚を悟り、誰も低高度に下りてこなくなってしまった。すると少尉機は高度を上げ、敵2機編隊を追いかけ始めた。敵2機は分離し、それぞれ別々の方向へ逃げ出す。少尉機は左側に逃げた敵を目標に定めた。敵は懸命に旋回を繰り返し、少尉機を引き離そうとするがスルスルとその距離は縮まっていく。

その時、少尉機の背後に影が走った。敵機が後方に出現したのである。それは先ほど分かれた2機編隊の片割れであった。『サンドイッチ戦法』である。2機編隊で1機が囮《おとり》となり、残りが囮に飛びついた敵を後方から攻める戦法だ。

少尉が危ない。私が無線で少尉に警告しようとした瞬間、それは起こった。

少尉機が空中でスピンしたのだ。速度が急激に失われ、その場でくるりとコマのように回転したのであった。

後方にいた敵機は、急停止したも同然の少尉機を追い抜いてしまう。回転する少尉機の脇《わき》を敵機が通り過ぎようとしたその一瞬、少尉機の2サンチ機関砲が火を噴いた。ばら撒かれた弾丸が敵の機体を捕らえる。少尉機を追い越した敵機の主翼と胴体には弾痕が穿たれていた。弾痕から燃料が漏れ出し白い尾を引く。撃たれた敵機は既に事切れているようで、ふらつきながら一直線に地上へ墜ちていった。

私は思わず嘆息してしまった。今の凄い。凄過ぎる。少尉が行ったのは失速を利用したスピンだ。機体の仰角がある一定の角度を超えると空気が翼を滑らかに流れなくなり揚力は減少して抗力が大きくなる。すると急激な揚力低下と速度低下が同時に起こることになる。これが『失速』である。

少尉は左右の翼で失速するタイミングをずらしたのだ。片翼だけが速度低下し、結果機体はあのようなスピン現象を起こしたのである。

端的に言ってしまえば、彼はその渾名の通り『風をつかんだ』のであった。

私は先輩方2人の一騎当千の戦い振りに見入っていた。敵はその動きからして決して未熟なパイロットではない。にもかかわらず2人を前にして次々と敗れ去っていった。24対2であったので、必要とあらば参戦するつもりだったのだが、私は全くの不要だった。

その時、私は自機と同高度に敵影があるのを発見した。敵は攻撃を仕掛けようと、こちらへと向かってきている。

私は迷った。ヨッガ少尉からは「もし敵が来たら逃げるんだ」と言われている。しかし……。こんな時こそ空戦十則である。第6項、即時に決心せよ、に従う。

私は戦うことに決めた。

機首を敵へと向ける。敵と私は反航の形で互いを目指しながら突貫する。このままの状態が続けば正面衝突であった。

私は敵の姿を照準器の中に収めながら、最近の自分を見詰め直した。

私は死ななければならないのに何かと理由をつけて死を拒んでいるのではなかろうか。人質となっている母を見殺しにしようとしているのではなかろうか。隊長達の配慮に甘え、自分の死を引き伸ばしている。もはや死ぬ気などないのではなかろうか。母が殺されるまで待ち、殺されたなら隊長達の所為だと責任転嫁してのうのうと生き延びるつもりになっているのではないか。私はいつのまにかゲスな思惑を抱いてしまっているのかもしれない。これは断じて駄目だ。試さなければならない。自分がそのような意地汚い考えに取り憑かれていないかを。命をもって試さなければならない。

私は操縦桿を強く握り直し、一直線に突進することにした。敵と私、お互いの相対速度が合わさり、2機の距離はあっという間に縮まっていく。視界の中で巨大化していく相手の姿が、否《いや》が応でも恐怖心を煽《あお》る。敵は発砲してきた。６門の機銃から大量の焼けた弾丸が吐き出される。マズルフラッシュで敵機の正面が瞬き、自分が撃たれているのだということを実感する。こちらも負けじと撃ち返す。機体の各所から爆《は》ぜる音がして、風防に亀裂が入った。敵弾が命中しているのだ。

私はエンジンを吹かし、さらに加速した。

敵機は激突寸前で機体を半回転させた。

衝突は免れた。

それでもどこかがぶつかったようで、激しい衝撃が機体に走り、自機のものとも敵機のものとも知れぬ破片が散らばった。

敵が直前で回避行動を取ったのに対し、私は最後まで微動だにせず直進を貫き通した。

戦闘はドッグファイトに移ろうとしていた。相手の後ろを取ろうと互いに左旋回運動する。その状況は継続され、やがてドッグファイトは水平方向への旋回を続ける巴戦《ともえせん》となった。水平面での旋回のため機体は90度傾き、片翼は地上を、もう片翼は空を指す。巴戦は急旋回の連続である。急旋回をすると速度が減少する。速度が減少すれば翼の揚力も低下するため旋回を維持できなくなる。旋回を続けるため速度減少を補う必要が出てくる。どう補うのかといえば、それは重力を使うのである。機体を降下させることによって高度を速度へと変換するのだ。これで急旋回を続行できる。以上のような流れから巴戦を行うと機体は次第に高度を失っていくのである。

私は絶えず襲いくる旋回Gに耐え、操縦桿を引き続けた。巴戦は先に旋回を諦めた方が負けとなる。旋回を止めた者は相手に背後を取られることとなり撃墜されてしまうのだ。

今のところ巴戦の戦況はほぼ互角である。お互いに敵が自分の真上にいる状態であった。

私は敵機の様子を知るため、首が痛くなるほど見上げた。するとコックピットにいる敵パイロットの姿を視認できた。敵パイロットもまた、こちらを見上げていた。目が合った。口元が動き、喚いていた。当然、何を言っているのか聞こえなかった。おそらく私に向かって悪態を吐《つ》いているのだろう。

高度はどんどん下がっていた。旋回Gの苦痛だけでなく、墜落の恐怖までもが襲いかかってくる。

とうとうこれ以上高度を下げることが不可能という位置まで下りてきてしまった。地面はすぐそこである。高度計上では自機は既に地面へ減《め》り込んでいた。

突如、敵機は巴戦を打ち切って離脱した。直線飛行に移行する。

すかさず私は敵機の背後を取った。撃つ。敵機は滅茶苦茶《めちゃくちゃ》な挙動をした。明らかに恐慌をきたしていた。私は冷静に敵を追尾し弾丸を撃ち込み続ける。不意に敵機は急降下で逃げようとした。しかし、それは致命的なミスだった。巴戦によって既に高度は失われていたのだ。下は海だった。敵機は海面に激突し、水しぶきを上げた。

私は緩《ゆる》やかに旋回しながら波間に漂う敵機の残骸を見下ろした。漏れた燃料が同心円状に広がっていく。私は操縦桿を握る手から力を抜いた。力を込めすぎた所為で指先が痺れている。全身汗でぐっしょりだ。死力を尽くしたきつい戦いであった。私は胸に手を当てて自分の気持ちを確かめる。本心を試せたであろうか。生に執着してはいなかったか。捨て身の覚悟ができていたか。死線を越えたか。

「大丈夫だ。保身などしていない。私にはいつでも死ねる。死のうとしている」

そう自分に言い聞かせたが私の心は晴れなかった。死を求めているくせに、また生き残ってしまったのだから。

その後、私は中尉達と合流した。あれだけの数を相手にしたというのに2機とも無傷であった。

当然、私が戦闘したことは伝えなかった。怒られるから。

中尉達は撤退していく残り4機となった敵編隊を追撃していた。狙い撃つには距離が離れすぎている。こちらの快音と敵のコーレムの最高速度はほとんど変わらないため、彼我の距離は近づきもせず離れもせずといった具合である。このままだと敵に逃げられてしまうのだが、どうしようもない。

諦めて引き返そうとした時、《俺に任せろ》と無線から聞き馴れた声がした。カノー隊長であった。と同時に後方に現れた機影が、全速力で飛んでいる私達をあっさりと追い抜いていった。その機影にはプロペラがなく、代わりにキーンという独特の爆音を立てる円柱形の物体が両翼下にぶら下がっている。

ジェット機であった。隊長がジェットに乗って現れたのである。

MA40『亜音《あおん》』。実戦投入されたジェット戦闘機の記念すべき1号機だった。

後で聞いた話によると、隊長は自分の機体がなかなか直らなかったので亜音を無理矢理拝借したそうだ。

亜音の武装は3サンチ機関砲が4門と高火力になっていた。3サンチなんていう大口径機関砲を4門も積んだら途轍《とてつ》もない重量となるのに、それでもあれほどの速度が出せるとは、なんて強烈な推進力だろう。

私はジェットの勇姿に見蕩《みと》れ、興奮した。

亜音がさらに加速した。敵との距離がたちまち縮まっていく。

敵機が右へ左へと揺動している。正体不明の新手が出現し、その上急速に追い付いてくるので動揺しているのだ。

亜音は敵編隊を射程圏内に収めたが減速せず、高速度のまま接近を続けた。追い越しざまに亜音の機首に装備されている3サンチ機関砲が吠える。3サンチ機関砲は炸裂弾を使用していた。弾体内部に爆薬が詰められており弾着の衝撃で爆発するのだ。撃たれた敵機左翼の半分が木っ端微塵《こっぱみじん》となり、胴体には大穴が開き、尾部がもげて機体は海へと落っこちた。亜音は大きく旋回上昇し、再び高速度で敵編隊と交差した。また敵が1機、派手な爆炎をあげて墜落していった。

亜音の戦いっぷりを見ていた私はピンときた。

「これだ！　これこそが次世代の戦い方だ！」

これまで戦闘機対戦闘機の戦い方の主流はドッグファイトであった。しかしこれはパイロットにも機体にも多大な負担を強いる。先ほど私もドッグファイトを演じたが体力・精神力ともに多く消費してしまった。余程の超人でもない限り、あれを何度も繰り返すのは無理がある。つまりドッグファイトはリスクが大きく、敵を撃墜する効率も悪い戦い方なのである。

だが今、隊長が行っている『一撃離脱戦法』であれば違う。敵よりも優速な状態で襲撃し、一撃を加えた後、直ちに離脱、一度安全な高度まで上昇し戦域状況の確認をしつつ機会があれば再度攻撃を行う。この戦い方であればパイロットへの負担は軽減され、乱戦に巻き込まれることもなく、狙った敵を確実に仕留められ、効率もよい。

この一撃離脱戦法を成り立たせる条件として挙げられるのが、敵よりも優速であるということだ。優速でなければ素早く攻撃し素早く離脱するということできない。よって高速の戦闘機が必要になる。すなわちレシプロ機より速度の出るジェット機の方が最適である。

「次の時代はジェットだ！　ジェットが来る！」

私は1人で騒いでいた。

残っていた4機の敵は、すべて亜音に撃墜されツトツ海に沈んだ。24機に及ぶ敵は全滅したのである。

追伸：亜音は1日限定で借りられただけだったので返却されてしまった。空咲部隊のものにはならなかった。残念。イジってみたかったのに。

［イ歴1078年8月4日］

本来であれば、今日、基地の移転は完了しているはずであった。

しかし計画に遅れが発生しており、移転作業は終わっていなかった。あと2日かかるという。

そのため私はカノー隊長のご自宅でお泊まりすることになってしまった。


「よし、休もう」

出向していたツトツ海の基地から戻り、移転が完了していないことを知った隊長は出し抜けにそう言った。

「移転が終わらない限り出撃できない。だからパイロットの出番はない。今こそ休むべきだ。休んで英気を養い、次の戦闘に備えるのも任務だ」

隊長は基地司令官ズミィオの許可を得ないで勝手に1日だけ休暇を取ることにした。

私達にも隊長の権限で休みが与えられた。

隊長は久しぶりに自宅へ帰るのだという。

「コロウ、お前はどうする？」

隊長から尋ねられたが、私に帰る場所はなかったので、寮舎が使えるようになるまで、ここにいることを伝えた。私は出向先で観戦したヨッガ少尉とレーコ中尉の戦い方の研究をしていたので、その続きをやろうと考えたのである。まあ、落ち着いて研究するための自室がないので、はかどらないであろうが。

するとと隊長は言った。

「じゃあ俺の家に来い」

私は難色を示した。人様の家に行って気を使うのが嫌だったから。

「黙れ。来い」

私は拉致《らち》されてしまった。

地方にある隊長宅へは自動車で向かった。

隊長宅は平均より敷地面積の広い古ぼけた一軒家であった。

家の前に車を止め、下車する。すると玄関の扉が開いて女性と少年が姿を現した。

「お父さん、お帰りなさい」

少年が元気よく言う。

「ただいま、グンゼ。少し背が伸び……てはなさそうだな」

隊長は少年の頭をグリグリと力強く撫でた。少年はくすぐったそうにしてから私に視線を向け、目を丸くする。

「わぁ～、新聞に出ているかっこいいお姉さんだ」

大空の君は子供にまで知れ渡っていた。

「妻のロゼミアと息子のグンゼだ」

隊長は家族を紹介した。

「初めまして、コロウさん。ロゼミアと申します」

ロゼミアさんは丁寧な物腰の綺麗な人だった。

唐突に生々しい記述となるが、私的に憧《あこが》れを抱かずにはいられないスタイルだったのでつぶさに言及しておきたい。これぞ妖艶《ようえん》といった感じである。おっぱいとお尻《しり》は大きいが対照的に腰は流麗に引き締まっている。全身ムッチリと中身が詰まっている印象を受ける。褐色の肌には艶《つや》があり、それがまた魅力的である。目元が鋭かったが、私も同じなので好感が持てた。

「僕、グンゼっていいます。９歳です。よろしくお願いします」

ロゼミアさんに続いて、グンゼ君が緊張した面持ちで挨拶してきた。

グンゼ君は母親譲りの褐色肌をした活発そうな少年だった。そして見惚れてしまうほど可愛かった。オーラまで可愛かった。オーラが可愛いとはこういうことか！　と私は目を見張った。グンゼ君は同年代の子供と比べて小柄であった。そのため実年齢よりも幼く見える。細身で瞳《ひとみ》はパッチリとしており、顔立ちは端正で女子と言っても通じてしまいそうである。

グンゼ君の父親のカノー隊長はザ・益荒男《ますらお》といった風貌である。母親のロゼミアさんは美女だが凛《りん》としていて可愛い系ではない。失礼ながら可愛さゼロの両親から、どうしてこんな可愛い子が生まれたのだろうと私は不思議に思った。突然変異だろうか。マイナス×マイナスはプラスになるという理論だろうか。

私がグンゼ君をまじまじ凝視していると、彼の顔色がだんだんと朱に染まっていき、やがてロゼミアさんの背後に隠れてしまった。ガン見し過ぎた。

その後、私は隊長宅で食事を振る舞われた。献立はチーズインハンバーグインチーズというロゼミアさんのオリジナル料理であった。熱々のとろけたチーズがハンバーグを完全に覆ってしまうほどたっぷりかかっており、さらにハンバーグの中にもチーズが詰め込まれていた。

「お口に合いますか?」

ロゼミアさんに尋ねられ、私は「とても美味《おい》しいです」と答えた。それは偽りのない正直な感想であった。

「あの、お姉さん。僕のをあげます」

不意にグンゼ君が、まだ手を付けていない自分のチーズインハンバーグインチーズを私に差し出した。

戸惑う私にグンゼ君はニコッとする。

「たくさん食べていってください。僕はいつも食べていますので」

嘘だと思った。この物資欠乏の戦時下において、こんな食材をふんだんに使った贅沢《ぜいたく》な料理はそうそう口にできない。だというのに食べ盛りの少年が我慢して御馳走《ごちそう》を私に譲るという。それはグンゼ君による拙《つたな》いながらも誠意を込めたおもてなしなのだと私は察した。その健気《けなげ》さに私の胸はジンとなった。

「グンゼ、お前だけに、いいかっこさせないぜ」

突然、隊長がサムズアップして割り込んできた。

「俺の分も食うがいい」

自分のチーズインハンバーグインチーズを押し付けてくる。

「では私も」

ロゼミアさんまで便乗《びんじょう》してきた。

流石に断ろうとしたが隊長一家の猛攻は止まらず、結局、死ぬほど食わされた。

食後、満腹過ぎて動くこともままならない私は居間でぐったりしていた。お腹は苦しいが、心地好かった。余所の家など気を遣ってしまって、ちっとも休まらないだろうと考えていたが、そんなことは全くなかった。

「お姉さん。肩揉みしてあげましょうか？　僕、お父さんやお母さんにやってあげていて、得意なんです」

そうグンゼ君が提案してきたので私はお願いすることにした。得意というだけあって、グンゼ君の肩揉みはとても気持ち良かった。細身な体軀《たいく》であるにもかかわらず非常に力強い。見た目は繊細でも、やはり男の子なのだな、と改めて感じ入った。

しばらくして私は入浴を勧められた。

「コロウさん。節水しなければなりませんので、ついでにうちの子も一緒にお風呂《ふろ》へ入れてもらっていいですか?」

「わかりました」

ロゼミアさんの頼みを私は了承した。異性と共に入浴することに何の抵抗もなかった。男といっても相手は子供である。

グンゼ君と一緒に湯船に浸かった。

そうして就寝時間となった。

私の寝床はグンゼ君の部屋に準備された。


今、私は天日干しされてフカフカな布団《ふとん》に寝そべりながら、この日記を書いている。隣の寝台ではグンゼ君が既に寝息を立てている。

今日は久しぶりに家族というものを味わえた気がする。母と別れてから、こうした想いは二度とできないだろうと考えていた。隊長の家に来て本当に良かったと思う。リフレッシュできた。今夜はぐっすり眠れそうだ。

明日の昼にはここを出る予定である。後ろ髪を引かれる。

［イ歴1078年8月6日］

移転作業は完了。本日より空咲部隊は稼働を再開。


待機所にて休暇中に何をしたのか、レーコ中尉とヨッガ少尉と私で話をした。

レーコ中尉は友達と遊び惚《ほう》けていた。ヨッガ少尉はお墓参りに行ったそうである。

私がカノー隊長の自宅に泊まりグンゼ君の部屋で寝たことを伝えると、レーコ中尉は
「9歳児とドッグファイトとは、コロウちゃんもやるねぇ」

と、絶対言うだろうと思っていたことをやはり言った。しかも「よっ！　この餓狼《がろう》女！」とはやし立ててくる。

「誰が餓狼女だ！」と私が怒っていると、いつの間にか隊長が側《そば》にいて、私達の話を聞いていた。私は思わず「げっ！」と声を上げ、露骨に動揺してしまった。無実なのに怪しさ爆発だった。

隊長は「責任取れよ」と言い、

「コロウのことは俺も気に入っているし、うちの家族ともフィーリングが合うようだからな。責任取って、本気で我がファミリーの一員になることを考えてもらってもいいぞ」とまで言っていた。

［イ歴1078年8月7日］

今日の迎撃戦は胆《きも》が冷えた。

敵が予想外のことをしてきたのである。


私たち、空咲部隊は、いつものように空対空爆撃で敵のバトルボックスを砕いた。そして個別撃破へ移った。

すると、驚くべきことに敵がバトルボックスの修復を試みてきたのである。こんなことは、これまで一度もなかった。

敵爆撃編隊を率いる指揮官は優秀らしく、無秩序に崩れていたバトルボックスが徐々に、その機能を取り戻そうとした。

柳弾は既に使い切っていたのでバトルボックスが再構築されたなら、こちらは甚大な被害を支払って敵の侵攻を食い止めなければならなくなる。私達は全力でバトルボックスの修復を阻止した。敵はある程度まで相互掩護能力を回復させていたので、こちらにも損害が出る。

鎬《しのぎ》の削り合いになった。

先に音を上げたのは敵側だった。爆弾倉扉を開けて爆弾を投棄したのである。爆弾は何もない山岳地帯へ落ちていった。

《もういい！　手を出すな！》

爆撃能力を失った爆撃機に用はない。目的は達した。リスクを冒してまで撃墜する必要はない。カノー隊長は直ちに攻撃中止を命じた。

こちらが攻撃を止めると、敵は程なくしてバトルボックスを復活させ、退却していった。

敵が先に諦めてくれて本当に助かった。敵指揮官は優秀なだけではなく、引き際をわきまえた人物であると思う。

［イ歴1078年8月9日］

国家元首のツラマから各戦闘団に対して命令が下った。

内容は以下である。


上空に敵機がある限り、戦闘団はいかなる理由があろうとも着陸してはならない。故障が起こっても着陸してはならない。弾切れとなっても着陸してはならない。


意味不明。

要するに、敵を落とせないなら死ねということだと思われる。

気が触れているツラマの狂気が垂れ流された命令だ。こんな奴に母の身柄を押さえられていると思うとゾッとする。

そんなふざけた命令書を司令官のズミィオは平気な顔してカノー隊長に渡してきた。

隊長は命令書をズミィオの目の前で破り捨てた。

［イ歴1078年8月12日］

柳弾を改造した新たな兵器が完成した。

その名は『飛翔式有線柳弾』。

私が提唱し、さらに開発にも係わっている。

従来の柳弾には2つの難点があった。

1点目は攻撃方向である。柳弾は落とす形になるため敵バトルボックスの上方からのみしか仕掛けられない。

2点目は難易度である。時限信管なので起爆のタイミングを合わせるのが極めて難しいのである。近接信管は未だ完成していないのだ。

こうした難点を克服するために作ったのが飛翔式有線柳弾である。

飛翔式有線柳弾は固体ロケット推進によって自ら飛翔する。これにより敵バトルボックスの上方以外からでも攻めることが可能となる。ロケット推進部で増えた重量は他の部分を軽量化することによって補っている。

そして飛翔式有線柳弾は金属線で機体と弾体がつながっており、搭乗員は手動起爆させることができるのである。これによりタイミングを計るのが容易となるのであった。

この新兵器により、迎撃成功率が上がり、犠牲者が減ることを切に願う。

［イ歴1078年8月14日］

大空の君のファンが増加の一途を辿っている。

同時に私の心労も増加の一途を辿っている。

私に会うためにわざわざ基地へ訪れてくる人々の数が日に日に増えている。国民の抱える社会不安がますます強くなっている影響だろう。皆、希望の星とされている大空の君にすがりたいのだ。光明を見出したいのである。

当の私としては非常に困る。私は先のない死にたがりなのだから、私に希望を見ないで欲しい。皆を失望させたくない。

それに私は母親譲りのメイド気質なのだ。誰かを支えるため裏方に徹していたい性分なのである。私にスポットライトを当てないで欲しいのだ。主役にされ、分不相応にもてはやされるのは、はっきり言って気苦労でしかない。

こうした状況に堪りかねた私は、今日、すべての元凶であるカノー隊長にガツンと言ってやった。言ったところで、どうにかなる訳ではないが、一度はっきり文句を言うべきだと思ったのだ。

隊長の前に立った私は怒気を漲《みなぎ》らせて一通りの不服をまくし立てた。

それから自分の頭部を隊長に指し示した。

「見てください。僅かですが白髪が出てきているでしょう。これが私の心労の証拠です。この歳で白髪だなんて……。このままでは、いずれ私の頭は真白になってしまいます」

隊長は「ふーん」という素っ気ない返事をして
「若い時の苦労は買ってでもしろというけれど、余りにも苦労し過ぎると終いには病気になるから気をつけた方がいいぞ」

元凶のくせして他人事だった。私の訴えは全く隊長に届かなかった。

あまりの暖簾《のれん》に腕押し状態で、私が唖然としているとレーコ中尉が会話に割り込んできた。

「まあ、髪のことはさておき、身体的な話をするとコロウちゃんの体、初めてここに来た時と比べて、かなり成長したよな。最初は小柄で痩せっぽちだったのに」

中尉の言う通りだった。私は爆発的に発育していた。思うに、ここに来る前は、私は小食であり、摂取した栄養はすべて脳で消費されていたのだろう。それがここに来てからというもの、毎日、馬鹿みたいに食わせられるものだから、脳以外にも栄養が回るようになり、その結果、体が急激な成長を始めたのだと思われた。

「ええ、身長は大分伸びました」と答えると、中尉は「身長だけじゃないよね」とニヤリとし、素早く私の背後に回り込んだ。

中尉は私の両肩をがっしりと摑み、力を加えて、上体を反らすような体勢にさせた。すると私の衣服の胸元《むなもと》がミシミシと音を立てた。私のオッパイもまた、大いに育っていた。

「カノーさん、どうですかこの乳は。近いうちにロゼミア夫人を脅かすんじゃないですか」

中尉は私の胸を隊長に向かって誇示した。

隊長は小馬鹿《こばか》にするように「ふっ」と鼻で笑っていた。

確かにロゼミアさんのと比べれば、私のなんてまだまだだけど、その反応はムカついた。あんな爆乳な嫁を貰ってしまったので、隊長はオッパイの大きさに関する感覚がおかしくなってしまっているのだ。


ガツンと言った結果、私はセクハラ被害を受けただけに終わった。

［イ歴1078年8月16日］

敵側に新兵器が出現した。

そしてとても嫌な光景を見た。


爆撃機編隊を迎え撃つために出撃したのだが、いつもの高度に敵の姿がなかった。

敵影は私達がいる高度から、遥か上空にあった。これまでの常識を覆す高度であった。高度1万メートルを超えて成層圏に達していた。

敵機は見たことのない外観をしていた。間違いなく新兵器だった。今までの主力爆撃機H7と比べて主翼が長大になっている。

一般的にレシプロ機は高高度になればなるほど、その性能が低下する。高度が高くなると空気が希薄になり、空気と燃料を混合して燃焼させるレシプロエンジンは出力が大幅に低下してしまうからだ。また翼が発生させる揚力も減少し、無理が効かなくなる。

だというに敵の新兵器は高高度を悠々と快速に飛行していた。

エンジンに『スーパーチャージャー』が実装されていると思われた。

スーパーチャージャーとは高高度でも出力を低下させないためにエンジンへ圧縮した空気を送り込む装置である。そして、あの長く大きな主翼が空気の薄い高度でも十分な揚力を発生させているのだと推測された。

高高度を高速で飛行することによって敵機を寄せ付けず、目標を爆撃するという設計思想の機体、超高高度重爆撃機と呼ぶべき機体であった。

空咲部隊は高度を上げて超高高度重爆撃機に追い付こうとしたが、スーパーチャージャーのない私達の機体では全く駄目だった。置いてけぼりにされてしまう。敵との距離は離れていくばかりである。このままでは首都を爆撃されてしまう。

しかし結局、首都は守られた。

天候が味方してくれたのである。

首都上空一体が層状の雲で覆われていたのだ。

高高度にいる敵爆撃機は、その雲の上を飛行することとなった。そのため雲によって下方視界が遮られ、敵機は首都の姿を視認できなくなってしまったのである。視認できなければ、無論目標を定めることができず、爆弾の投下はままならない。高度を下げて雲の下に出れば視界が開けるのだが、そうすると待ち構えている私達の攻撃を受けることとなってしまう。

敵爆撃機編隊はそうした危険を冒そうとはしなかった。敵は目標を確認しないまま、おおその見当だけで爆弾を投下したのである。そのような適当な盲目爆撃が成功する訳もなく、落とされた爆弾はすべて首都を外れたのであった。

爆撃を終えた敵爆撃機編隊は撤収へと移った。

手の出しようがないのだが、カノー隊長は追跡を決断した。

相変わらず、私達は置いてけぼりにされていったが、敵機の姿が遠ざかり過ぎて黒い点になりかけた頃、異変が起こった。不意に敵編隊から1機だけが降下を開始したのである。速度も落ち、編隊から取り残されてしまっている。どうやら機体トラブルのようであった。他の敵機が脱落していく機体の掩護に向かう様子は見受けられない。見捨てたのである。

落伍《らくご》した敵機は絶好の鴨《かも》となった。

《チャンスが来たぜ！》

パイロット達は舌なめずりしたが、隊長は冷静だった。

《あの機体を鹵獲《ろかく》するぞ。新兵器だから敵の最新技術が詰まっている。それらを入手できれば、単に撃墜するより戦果は遥かに大きい》

私達は数に物を言わせて敵機を押し包み、威圧して、無理矢理着陸させることにした。

その時、突然、横合いから敵機に近づいていく多数の機影が出現した。まるで夜闇の光に集まる羽虫のようであった。それは別の戦闘団であった。

《先にいた俺らに一言の断りもなしとは！　礼儀知らずの恥知らずな割り込み野郎共め！》

レーコ中尉が悪態を吐いた。

割り込み野郎は第29戦闘団だった。

第29戦闘団の攻撃により敵機の右翼から煙が噴出した。青い空に黒い1本線を描く。左翼からも煙が噴出する。描かれていた線が2本となった。線は徐々に3本、4本と増えていく。線が5本となった時、敵機から人が飛び出した。1人、2人、3人と次々に飛び降りていく。機体を捨て脱出したのである。空にパラシュートが咲いていく。搭乗員を失った超高高度重爆撃機はゆっくり傾きながら捻るようにして急降下し、背面落下となった後、空中分解してしまった。

空に残っているのは乗機を失った敵搭乗員のパラシュート7つだけとなる。

その敵兵の頭が唐突に爆ぜた。

第29戦闘団の戦闘機が生身の敵に目掛けて銃弾を放ったのである。パラシュートにぶら下がっている敵兵に身を守る術はない。生きた的であった。

《何してやがる！　止めろ！》

無抵抗な相手を惨殺する第29戦闘団に向けて、隊長が怒りの無線を飛ばした。

《後始末をしているだけだ。すっ込んでろ》

さも当然といった風に返事が返ってくる。

第29戦闘団は敵兵を襲い続けた。

思い出したくもない光景が展開されたが、その凄惨《せいさん》さを記録に残しておくため敢えて記す。

2サンチ機関砲弾が敵を五体バラバラにしてしまった。腹部に連続して弾が命中し、体が切断されて上半身だけをぶら下げているパラシュートがあった。パラシュートの紐を銃弾で切断され、絶叫を上げながら真っ逆さまに落ちていく敵兵がいた。
《やめろってんだ！》
隊長は機体を第29戦闘団と敵兵の間に突っ込ませ、射線を妨げて撃たせないようにした。
妨害された第29戦闘団がいきり立つ。
《邪魔をするな！　敵を生かしておく必要などない！　もしも生かした敵兵が将来、味方を100人殺したなら、お前はどう責任を取るつもりなんだ！》
《もしもの話をするんなら、生かした敵兵がこのクソみたいな戦争を終わらせて100万人の命を救うかもしれねえだろうが！》
隊長は1歩も退かなかった。
《野郎共！　隊長に続け！　敵を殺させるな！》
空咲部隊の皆は隊長に同調し、敵兵を守るために第29戦闘団との妨害空中戦を繰り広げた。
無論、私も参加した。
《なあコロウ》
味方同志が入り乱れる真っただ中で、ヨツガ少尉が私に無線で語りかけてきた。
《なんでしょうか》
私は忙しく機体を操りながら応答する。
《カノー大尉の下で戦うのは安心するだろ。第29戦闘団は戦争の狂気に染まってしまったんだ。

誰も彼もが人間性を失ってしまう戦争の狂気に。しかし大尉は違う。決して染まることはない。どこまでもカノーという男を貫いてくれる。それは率いられる者にとって、とても安心できることだ》

私は心から同意した。

7人いた敵兵の内、3人を私達は第29戦闘団より救うことに成功した。

［イ歴1078年8月20日］

またしても敵に新兵器出現。

8月16日の超高高度重爆撃機H８に続いてである。凄いペースで投入してくる。

しかもそれは想定していた中で最悪の新兵器だった。

敵編隊の中に小さな機影が多数見受けられた。小さな機影は大きな機影の周囲を取り囲むようにして飛んでいた。

護衛戦闘機であった。

とうとう来てしまったのである。これで私達は爆撃機だけでなく同時に戦闘機も相手にしなければならなくなったのだ。任務の難易度、爆上がりである。

見たところ護衛戦闘機はルシュウ国主力戦闘機コーレムの改造機のようであった。エンジン部が厳《いか》つくなっており、出力と燃費が向上していると思われる。また機体下に増槽タンクが取り付けられており、搭載できる燃料を増加させてあった。おそらくコクト国奥地へと向かう爆撃機を全行程にわたって護衛する航続距離があると予測される。

《戦闘機と爆撃機の混成部隊、戦爆連合ってところか。上等だ。来《きた》るべき時が来たってだけの話だ。柳弾を装備した機体はいつも通りバトルボックスの破壊に専念しろ。襲撃部隊はまだ高度をとるな。護衛戦闘機から柳弾の機体を守るんだ》

懸念した最悪の局面に遭遇してもカノー隊長は普段と変わらず冷静であった。適切な指示を与えてくる。

そうした隊長の振る舞いに私は頼もしさを覚えた。

空咲部隊は飛翔式有線柳弾の有効射程圏内に達するため接近を続けた。

護衛戦闘機下部から増槽タンクが切り離された。それが戦闘開始の合図であった。敵機は爆撃機の傍を離れ、柳弾の発射を阻止しようとこちらに殺到してくる。

《ちっ、今日に限って2大エースが不在なのが悔やまれるな》

誰かのぼやきが無線から聞こえた。そうなのである。ヨツガ少尉とレーコ中尉は本日非番なのであった。

《俺達だけでも存分にやってやらぁな！》

そのぼやきに他の誰かが気炎を上げる。

飛翔式有線柳弾を携えた機体を守るため、襲撃部隊は敵護衛戦闘機に仕掛けていく。

私は襲撃部隊側にいた。

反航の形で空咲部隊と敵護衛戦闘機部隊が交差した。途端に敵1機が火を噴いた。黒煙の尾を引きながら墜落していく。

《いきなり撃墜したぞ！　今のは誰がやったんだ⁉》

《コロウだ！　コロウがやったぞ！》

《てかコロウ、お前、風をつかんでなかったか?》
《それだけじゃねえ!　見越し射撃までやっていたぞ!》
仲間達からの指摘に私は「ええ、どうにか上手《うま》くできました」と肯定した。そうなのである。私は護衛戦闘機と互い違いになる瞬間、スピンをした。そして敵機の針路上に機関砲弾をばら撒いたのである。それが見事に命中したのであった。
出向したツトツ海で、コーレムを相手取ったヨッガ少尉とレーコ中尉の戦いっぷりを目撃した私は、その技をどうにか自分の物にできないかと研究を開始したのである。時には味方機を仮想敵として練習を繰り返したりもした。
そうした努力が本日、身を結んだのである。
交差した我々と敵の部隊はお互いの背後を取るため急旋回を行う。ここでも私はコマのように回転してみせた。そして何もない空間に向けて短連射を行う。するとそこに敵機が通りがかり、放たれた銃弾がその脇腹《わきばら》に穴をあけたのであった。
《すげえ!　コロウがまたやったぞ!》
《風をつかむ男と魔術師の技を合わせ持っちまうなんて!　こりゃとんでもねぇぞ!　あの2人がこの場にいるも同然じゃねぇか!》
「いやいや、そこまでではないです」
私は謙遜《けんそん》した。その言葉は事実であった。2大エースの技は絶技の域に達しており、私の力量はそこまでに及んでいない。あくまで、ある程度の水準で2人の技を巧妙に掛け合わせ、駆使しているだけなのである。

ではあるのだが同僚達は「新たなエースの爆誕だ！」と大いに盛り上がっていた。

私の活躍により皆の士気が高まったこともあってか、護衛戦闘機との戦闘は終始優勢に進み、若干の損害のみで、これを排除することに成功した。

その後は飛翔式有線柳弾によって敵バトルボックスに十分な損害を送り込み、崩壊させ、爆撃機を駆逐することにも成功した。

護衛戦闘機を相手にした初の戦いは勝利に終わった。

けれども手放しでは喜べない。護衛戦闘機により余計な被害が出てしまった。今後の迎撃任務がより出血を強いられることになるのは動かし難い事実なのだから。

［イ歴1078年8月25日］

私が空咲部隊の3大エースとしてヨッガ少尉やレーコ中尉と共に並び称されるようになった。最近、護衛戦闘機を相手に撃墜数を急速に伸ばしているからである。私的にその評価はおこがましい限りであると思っている。

私のエース化を記念したとかで、私をモチーフにしたノーズアートが制作されたという話を聞いたので見に行ってみた。

ノーズアートとは航空機の機体に描く絵画のことである。

際どい下着姿の私が機関砲に跨《また》がりドヤ顔していた。念のために言っておくが私はこんな格好をしたことはない。完全な製作者の想像である。それにしても目を見張るハイクオリティであった。

「スーパーセクハラだ！」と私は製作者に抗議した。

製作者は、さも不満気な様子で

「この程度で駄目なのかい？　なんだよ、つまんねえな。隊長の奥さんをモチーフにした時は、もっと攻めたのを描いたんだけど、ご本人に見てもらったら余裕で許可をくれたぞ」

そのロゼミアさんをモチーフにしたものも見せてもらった。

普通に全裸だった。

卑猥《ひわい》以外の何ものでもなかった。
これを平然と許すとは、ロゼミアさん、強い。

［イ歴1078年8月26日］

カノー隊長がついに大尉から少佐へ昇進することになった。

レーコ中尉の時と同様、余りにも遅い昇進である。本部の隊長に対する冷遇は酷い。隊長がたびたび反抗するのが原因なのだが、それは、お前らの命令が頭悪過ぎだからだろうに。

そしてなぜかお祝いとして私が手料理を振る舞うことになった。言い出しっぺは案の定レーコ中尉である。

「愛情たっぷり込めた料理を作ってくれ」

そうレーコ中尉に頼まれた私は
「祝い事ですから引き受けますが、私には隊長に対して思う所が多々ありますので、愛情ではなく別の何かをたっぷり込めることになるかもしれません。あしからず」

と返してやった。

「こわっ」って言われた。

私は厨房へと向かった。厨房にはエプロンが置いてあった。ヒラヒラフリルがふんだんに付いたドピンクエプロン。悪意を感じた。イラッとした。私は飛行服のままエプロンを装着した。武骨な飛行服の上に可憐《かれん》なエプロンというなんともファンキーな格好となった。本日は出撃当番なので、飛行服を脱ぐ訳にはいかないのである。

私は料理を作った。そして食堂に呼び出されていた隊長に提供した。何も知らされていなかった隊長は目を見張った。サプライズだったのだ。

「俺のためにわざわざ?」

「はい、昇進祝いです。久しぶりでしたが、結構うまくできたと思いますので、どうぞ」

隊長は料理を口に運び、「驚いた。美味《うま》いぞ」と言った。

素直に称賛されて私は気恥ずかしくなった。

隊長が食べ始めると、他の隊員達がぞろぞろと食堂に姿を現した。

「カノー隊長、我々もご相伴《しょうばん》にあずかっていいですか?」

「ああ、いいぞ」

隊員達は、私の料理を回してバクバクと食い、口々に「普通に美味いな」と呟いた。それからなぜか悔しそうにした。どうやら皆は、私のことを料理ができない女だと思っていたらしい。私が変な料理をおずおずと出し、モジモジといたたまれなくなる光景を期待していたのだ。そんな私の姿を見てニンマリしたかったようなのである。意地の悪い大人達だ。それが、当てが外れてしまったので、皆、こんなはずではなかったと悔しそうにしたのであった。

「わはは、残念だったな」と私は嘲笑《あざわら》ってやった。

追伸:私の料理のラインナップを見たヨツガ少尉が「うちのお婆《ばあ》ちゃんみたいだ」と言っ

ていた。

鋭い。流石はスーパーエース。気付かれてしまったか。

そうさ！　私は煮物しか作れない女なのさ！　なぜなら、うちの母がそうだったから！　けれども何の問題がある！　食卓の色彩が真っ茶色になるぐらいだろうが！　母も言ってた！「人間煮物食ってりゃ生きていける」と！　実際に私は煮物だけで育ってきたのだ！　お婆ちゃんみたいとか言うな！

私の渾名は、ここ最近、大空の君で安定しているのだが、『煮物の君』に変わってしまったらどうしよう。

追伸の追伸：あと煮付けも得意だよ。ああそうだよ茶色だよ。

［イ歴1078年8月27日］

コロウ塾を開講した。

私が習得したヨッガ少尉の操縦技術とレーコ中尉の射撃技術を体系化し、天才でなくても有効活用できる学問にまで落とし込んだものを教える塾である。少しでも部隊の技量アップにつながればと思い、開いた塾であった。

手の空いているパイロットたちのほとんどが受講してくれ、評判も上々であった。

効果が上がれば他の戦闘団にも普及させていきたいと思う。

追伸：カノー隊長が「俺のは学問にならないの？　俺も結構活躍していると思うんだけど」と言ってきた。
私は「隊長のは才能と、後は気合と根性なので、学問にするのはちょっと無理です」と答えておいた。

［イ歴1078年9月1日］

ある戦意高揚ネタが報道機関から大々的に国民へ流された。
そのネタは私だった。
私が国民に対して徹底抗戦を訴えている。決して降伏してはならないと言っている。
「戦え！　なお戦え！　さらに戦え！　そして戦え！」と声高に主張している。
という記事が新聞に掲載されたのだ。
嘘だ。全くのでたらめだ。私はそんなこと言っていない。むしろ私は反戦だ。
政府は国民の戦意を高めるために大空の君の人気を利用し、ねつ造したのだ。

［イ歴1078年9月3日］

先日の、私が徹底抗戦を訴えた報道に関して、思わぬ所から反応が返ってきた。

なんと敵国ルシュウの指導者・ホート首相が声明を発表したのだ。

一国の代表が一パイロットに言及するなど異例である。

ホート首相は私を「コクト国民を戦争へと駆り立てているツラマと同格の悪である」と認定したとのことである。

「世界平和の敵」とまで言ったそうだ。

その上、私の首に高額の賞金までかけたという。私は賞金首となってしまった。

ねつ造報道の所為で、とんでもないとばっちりを受けてしまった。特にあのツラマと一括《くく》りにされたのは甚だ不愉快である。

追伸：右記の件に関してカノー隊長から詫びをされた。私は恐縮し「気にしないでください」と答えた。大空の君の切っ掛けは隊長であるが、今回の件で悪いのは政府である。だから隊長が謝る必要なんてない。
世界平和の敵にまでされてしまったので、私は戦後、戦犯として逮捕・処刑されてしまう可能性が極めて高い。しかし、そもそも死ななければならない私に戦後などないので、本当に気にしないでいいことなのである。

［イ歴1078年9月14日］

敵の攻撃が激しさを増している。

私たち、空咲部隊は辛うじて首都を防衛しているが、その苛烈さゆえ戦力の損耗が補充を上回ってきている。

敵は、こちらのレーダー施設を破壊するようになった。そして、それにより生じた防空レーダー網の綻びを通って、防空戦闘団の基地へ直接、奇襲を仕掛けてくるようになった。事前に迎撃戦力を叩いて、爆撃機の安全を確保しようというのである。

奇襲してくる護衛戦闘機のことコーレム改に対して、離陸すらできていない私達に為す術はない。コーレム改は地上にいる快音を好き放題に機銃掃射していく。そのため快音に燃料を入れておくことができなくなってしまった。燃料を入れておくと機銃掃射された時に爆発して、機体が二度と使えなくなってしまうからだ。銃弾で穴が開いただけなら、塞《ふさ》げば飛べる。

機銃掃射を終えた敵機は最後に滑走路へ爆弾を落として去っていく。大穴を開けて滑走路を使用不能にしていくのだ。

当初、この大穴は大した問題にはならなかった。埋めればいいだけなので。

けれども敵の手段はすぐに巧妙化して2種類の爆弾を混ぜ合わせてバラ撒いていくようになった。いつ爆発するとも知れない時限爆弾と、触れただけで爆発する触発爆弾である。この

2つの外観は全く同じなため、どちらの種類の爆弾なのかを見た目から判別することができない。そのため撤去するのに多大な労力と時間が必要になり、長時間、滑走路が使えなくなってしまうのであった。

［イ歴1078年9月18日］

今日1日だけで3つもの戦闘団が壊滅した。

防空網に穴を開ける訳にはいかないので、失われた戦闘団の担当空域は、残っている戦闘団で補うことになる。

よって空咲部隊の担当エリアが拡大した。一昨日増えたばかりだというのに早くもである。

言うまでもないが、受け持つ防空エリアが広がるのは部隊にとって負担増だ。

空咲部隊は過度な任務量によって、とうの昔に限界を超えてしまっている。皆、疲労困憊《ひろうこんぱい》である。その上でさらに負担が増すのだから、普通ならば心が折れてしまうだろう。

が、折れない。

皆ますますイキっている。

「苦難こそ男の仕事だぜ！　キツくなればなるほど俺らの力の見せ所だ！」

と虚勢を張っている。

そんな彼らの有様に私は呆れてしまう。

カノー隊長は
「空咲は、この世で最も絶望が似合わない部隊なのだ」

と不敵に笑っている。

隊長が作り上げた空咲部隊は本当に異質もとい異常である。
頼もしいと言えば頼もしいが。

［イ暦1078年9月24日］

本日、空咲部隊に新人パイロット達が着任した。

しかし彼らの飛行訓練時間を聞いて驚いてしまった。

100時間にも満たないという。通常の訓練時間は300時間なので、その3分の1以下である。明らかな訓練不足であった。

実際に飛んでもらったところ案の定、彼らは飛ぶことのみしかできなかった。それで精一杯、空戦はもちろんのこと編隊を組むことすら儘《まま》ならない状態である。

飛行時間1000時間を超えるベテランですら撃墜されてしまうこの戦況下で、彼らをこのまま出撃させるのは、彼らを殺すのと同義だ。こんな未熟なパイロットを実戦に投入しなければならないほど我が国は追い詰められている。開戦当初にいたパイロットの8割近くが既に失われているという話も聞く。

新人を犬死させないように、改めて訓練しなければならない。

そして、その役目を私が担うことになった。私も隊に配属されて5か月程度なのだが、そんな私が教育担当をやらなければならないほど、人員が不足しているのだ。

命がかかっているので任されたからには、しっかりと務めなければならない。

現在の状況を踏まえて、私は先輩として彼らに対し、以下のように訓示した。

「少し前までは無茶をすると死にました。しかしそうした時期はすでに終わりました。今は無茶しないと死ぬ時期です。ですから私が無茶をしても死なないように、あなた達を鍛えてあげます」

追伸：ちなみに飛行時間の最高記録はヨツガ少尉で７０００時間を超えているとのこと。

［イ歴1078年9月30日］

今日、カノー隊長の口から敵国が企図している恐るべき攻撃計画の全容が語られた。

首都への『無差別爆撃』

作戦名称『ワン・ワード作戦』

目的は絶の一文字のみ、という意味らしい。

その情報は諜報部からもたらされた。諜報部はこの情報を多数の犠牲を払い、どうにか入手したという。

敵の爆撃方針が転換されたのであった。

これまでの戦略爆撃は、工場、インフラ設備、統治機関庁舎など『施設』の破壊を目標とした『精密爆撃』だった。それに巻き込まれる形で二次被害として民間人の死傷者が出ていたのである。

しかしワン・ワード作戦は完全に民間人の『命』を主目標にしていた。

人口が集中している首都へ非人道的な爆撃を徹底して行おうというのである。

敵は精密爆撃から、人命の殺戮《さつりく》を目的とした無差別爆撃へ切り替えてきたのだ。

できるだけ多くの人間を殺す。民間人を大量に殺傷することで我が国の戦争継続意志を挫《くじ》こうとしているのだ。良心の欠片もない殺戮行為を実施すれば、いかなる国でも屈服させられると考えているのだろう。

そしてこのワン・ワード作戦の中心となるのがガレス製超々重不沈戦略爆撃機H10000である。

全幅940メートル・全長220メートル・全高98メートルに及ぶ規格外の超巨大怪物級『全体翼機』型爆撃機H10000。

全体翼機とは、胴体部がなく、主翼部のみで構成された飛行機のことである。飛行機は翼が発生させる揚力によって浮く。ならば機体を主翼部のみで構成してしまえば強力な浮力を得ることができ、巨大化させても飛ばすことが可能となる。そのような発想の下、考え出されたのが全体翼機であった。

H10000には『レオケンプトス』の名が与えられている。ガレスの言葉で、終わりの鳥、を意味するそうだ。

1個艦隊が製造できるほどの予算を消費し建造された超々重不沈戦略爆撃機レオケンプトスは、絶大な攻撃力、強固な防御力、高度な不沈能力に加え、甚だしい爆弾搭載能力も持つパーフェクトな存在である。レオケンプトス1機あれば1国を平定できるとまで豪語しているらしい。

来たる10月12日、レオケンプトスが有りっ丈の航空戦力を引き連れて首都上空に飛来する。そして首都を爆発孔だらけの廃墟にする。

一国の首都を、そこに住む人々諸共、地上から完全に消してしまおうというのである。まさに無差別爆撃の極み、それがワン・ワード作戦の全容であった。

指揮するのは、あのキャパスだそうである。非常に優秀な指揮官で、8月7日に崩れたバトルボックスを立て直すという離れ業を遣《や》って退《の》けたのもこの人だったことが判明している。最悪の兵器が最強の指揮官に率いられてやってくるということだ。

首都は最も多くの民間人が住んでいる場所である。そんなことをされてしまったら、被害者の数は想像を絶する。

「だったら首都の住人を早く避難させないと！」

1人の隊員が声を上げた。

けれども隊長は険しい表情で首を横に振った。

「避難はできない」という。

ワン・ワード作戦を知ったツラマはこの情報の公表を禁じた。そして「逃げてはならぬ」と住人が首都から離れるのを禁止したそうだ。首都の主要な交通網は既に封鎖されており、もし出て行こうとすれば団結を乱す非国民として秘密警察に問答無用で射殺されるとのことである。加えて「もはや必要ないから」と避難壕《ひなんごう》の閉鎖まで命じたそうであった。

なぜツラマがこんな愚かな命令を出したのか。話によると奴は「戦争に敗北した国の人間は死に絶えなければならない」という考えに取り憑かれてしまったそうである。ツラマの狂気は境地へと到達している。

「民間人が逃げられない以上、我々がワン・ワード作戦を撃退するしかない」

隊長は言った。

幸いにも軍部にいるキクムネ少将という協力的な将官の働きかけにより、隊長は航空戦力の全権を担うことになったそうだ。

キクムネ少将は開戦前にツラマに対して「戦争すんな！　親の七光りのクソ三下が！」と暴言を吐き、免職され、処刑寸前までいったが、つい最近、人手不足を理由に復職した方である。

これでコクトに残っている人員・機材・弾薬・燃料・装備などを隊長の判断により、すべてワン・ワード作戦迎撃へ傾けることも可能となった。

正念場が来る。

私が死ぬ日も近いだろう。

追伸：隊長は、全権を担うのに相応しい階級とするため大佐に特進したとのこと。

［イ歴1078年10月2日］

Xデーまで残り10日。

ワン・ワード作戦迎撃に向けて私は兵器開発実験場の研究員達と協力し、新兵器の製作に勤《いそ》しんでいる。

新兵器と言っても完全な新品ではない。時間も資材もないので既存兵器の改造品である。

その内容を以下に記す。

まず柳弾の新型、『連結型飛翔式有線柳弾』である。

連結型は、その名が示す通り内包された小爆弾同士が鋼線で連結されている。大したことのない工夫に思われるかもしれないが、この連結によって柳弾の効果が大きく異なってくる。バトルボックスを崩壊させるだけでなく、敵爆撃機を撃墜まで至らしめる確率が格段にアップするのだ。その要因は、連結されたことによって点ではなく線となった小爆弾が敵機に絡みつくためである。絡みつくことにより、小爆弾は敵機と密着状態で炸裂する。これまでの近辺で炸裂するのと比べれば、当然その破壊力は大幅に違ってくる。

このアイディアは以前からあったのだが、つながった小爆弾が綺麗に開かないという問題に直面していたのである。その問題点を私が解消し、実現へとこぎつけたのである。

次に『2サンチ散弾発射筒』

従来の爆撃機に対する攻撃方法は3機から成る3段落としである。しかし彼我の戦力差が大き過ぎる場合、3機で敵1機を墜とす3機1殺の3段落としを行っている数的余裕はない。1機1殺が求められるのである。それを実現できるのが2サンチ散弾発射筒である。2サンチ散弾発射筒は多数の2サンチ弾を一挙に撃ち出すことのできるショットガンのような兵器である。一度に敵へ送り込める火力量は、快音3機分に相当するのだ。よって単機で3機分の仕事ができ、1機1殺を可能とするのである。

第3は『重防快音』と『重火快音』である。

かつて重装快音という機体があった。突撃用くさび隊形を組み、敵バトルボックスに真正面から挑んで、これを突き崩すための機体である。しかし空対空砲撃機H1117の登場により完璧に無力化され、活躍の場を失ってしまった。

そうした状態を打破するために開発されたのが重装快音の更なる改造機、重防快音と重火快音である。

重防快音は、火器をすべて撤去し、余剰の積載量をすべて装甲へ回して、艦載砲の攻撃にも耐え得るようにした機体。まさに空飛ぶトーチカである。

重火快音は、重防快音とは逆に装甲を取り外し、代わりに火器を倍化して、2サンチ機関砲が12門となっている機体。まさに空飛ぶ機関砲陣地である

その運用方法は2列のくさび隊形を作り、前列を重防快音が担い、後列を重火快音が担う。

前列の重防快音は、その身を盾として空対空砲撃機の攻撃をすべて受け止めて、突撃を敢行し続ける。そして銃撃可能距離まで接近したなら矛である後列の重火快音に道を譲る。後は重火快音の暴風のような火力によってバトルボックスをぶっ壊してしまおうというのであった。

最後はジェット戦闘機ＭＡ40亜音の改造機、ＭＡ40・2『亜音改、別名アンチ・レオケンプトス』である。亜音は量産体制が整わず、結局２機しか完成しなかった。その両方を亜音改へと改造したのである。

亜音改には『怪鳥を狩るもの』としての役割が与えられている。

事前に得られたレオケンプトスの性能情報から、かの超々重不沈戦略爆撃機の装甲は分厚く、快音の２サンチ機関砲では全く歯が立たない。亜音の通常装備である３サンチ機関砲であっても有効打は与えられないという結論が出ていた。この結論を受けて亜音の武装を３サンチ機関砲４門から、レオケンプトスの装甲をブチ破ることのできる５サンチ機関砲１門へと換装《かんそう》したのが亜音改なのである。

５サンチ機関砲は桁外《けたはず》れの巨砲である。砲身が長大過ぎて機体内に収まらず、機首から飛び出している。まるで戦闘機に電柱が突き刺さっているような外観となっている。飛行機に砲が積まれているというより、砲に翼をくっつけて飛べるようにしたという様相である。ちょっとカワイイ。

この亜音改を操る予定となっているのは重爆殺し・カノー隊長と、風をつかめる男・ヨツガ少尉であった。

追伸：一応、既存兵器の改造だけでなく、完全な新作新兵器もあると言えばある。そちらはヨウキロ教授が主導で作成し、私も手伝っているがXデーに間に合うかは非常に微妙である。

［イ歴1078年10月4日］

ワン・ワード作戦を迎え撃つためコクト国内に残存しているすべての航空戦力が空咲部隊の基地へと結集している。

そのため他の地区の防空がガラ空きになっている。

しかし問題ない。

得られた情報によれば敵はワン・ワード作戦準備のため、Xデーの12日前からすべての爆撃を中止するとしている。

実際、あれほど連日来襲していた敵機が10月に入ってから1機も来ない。このことから情報は正しいと判断できる。嵐の前の静けさという訳だ。

各戦闘団にいた名立たるエースの皆様も集まってきている。

そのエース陣の名をいくつか上げてみる。

以前に少しだけ触れた奇襲の名人『どこにいるんだマキノ』

ひとたび飛び立てばエンジンは常にフルスロットル、私の実年齢を除けば最年少エース『全開少年・ワラキ』

太陽に影が見えたなら、それは黒点か奴か。直上攻撃のプロフェショナル『太陽黒点・オーズミ』

元は小学校教師の義勇兵、疲れを知らぬ子供達相手に培った気力と体力は伊達じゃない『制空先生・サク』

その戦い振りは豪快の一言、空の豪傑『快音番長・テツコ』

右手左足を失う重傷を負いながらも義手義足で即座に戦線復帰『闘魂の化身・エイイチ』

など、そうそうたる顔ぶれである。

彼らは皆、喜び勇んでカノー隊長の指揮下に入っている。

［イ歴1078年10月7日］

一大事だ。

母から貰った例のお守りをなくしてしまった。

どこかで落としたのだろうが、忙しく色んな所を走り回っているので、どこで落としたのか皆目見当が付かない。

とても大切な物なのだが今は探している時間がない。

困った。どうしよう。

［イ歴1078年10月8日］

すべてバレた。


なくしたお守りが見つかった。

カノー隊長が持っていたのだ。落ちていたのを拾ってくれていた。

私の物であることを伝えると隊長は返してくれた。

この時、私は余計なことを言ってしまった。お守りが戻ってきたことのうれしさの余り、口が軽くなっていたのだ。これは母から貰ったお守りであること、母もまた父からこのお守りを貰ったことを喋ってしまった。

私の話を聞いた隊長は
「コロウのお母さんの名前、なんていうんだ？」

と尋ねてきたので、私は答えた。すると隊長は軽く目を見張ってから唐突に
「お前、ギガマツさんの娘だったのか」

と言った。

いきなり真実を突かれた私は仰天し、絶句した。自然な流れで否定できなかった。そのリアクションが如実に肯定であることを物語ってしまった。

確信した隊長は私を自室へ連行した。そしてそこで、なぜ私がギガマツ氏の娘であるとわかったのか、その理由を語ってくれた。

なんと隊長はギガマツ氏の友人なのだという。

過去にあった、ある事件を通じて知り合い、親しくなったそうだ。その時、隊長は才能を見込まれてギガマツ氏から、この国の軍人になることを請われた。ギガマツ氏に恩義があった隊長は、それを受けたのだという。その事件の内容については話せば長くなるということで割愛された。

そしてギガマツ氏と私の関係を判明させたのは、お守りに入っていた石であった。この何の変哲もない小石は非常に希少な鉱石なのだという。ごく一部の人達のみが秘して所持している代物とのことだった。

ギガマツ氏は石の所持者であったが、隊長が氏と出会った時には既に石は別の人の手に渡っていた。誰に渡したのか隊長が尋ねるとギガマツ氏は愛しい人、つまり私の母に渡したと答えたそうである。

石は幼い子供に持たせておくと素晴らしいご利益《りやく》があるという。よくわからないが、私の頭がいいのは石のおかげなのだそうだ。

最初、ギガマツ氏は息子のツラマが産まれた時に石を渡そうとした。しかし正妻が「こんな得体の知れないものを、あの子に持たせないで！」と怒り、拒否されてしまった。そこで今度は私を身ごもった母に、大切な人に持たせるお守りと称してプレゼントしたのだ。そう言っておけば必ず生まれた子に持たせると思ったのだという。

母の日記では、妊娠に気づかれる前にギガマツ氏の下から去ったと書かれていたが、石を渡したことからして氏は母が身ごもったのを知っていたと判断できる。

極めて貴重な石を私が持っていた。それを私は母から貰った。母は石を父からプレゼントされた。隊長はギガマツ氏が石を愛しい女性に渡したということを聞いていた。点と点がつながっていき、隊長は私がギガマツ氏の娘であるとわかったのである。

石ころ1つを切っ掛けとして真実に到達するなんて、世の中不思議なものだ。

けれど、まだしらばっくれることはできた。不審なリアクションをしてしまったが、確固たる証拠はないのだから。

私はしらばっくれようとした。しかし、そうする前に隊長は私の両肩をむんずと摑んで言った。

「教えてくれ。ギガマツさんは今どこにいる？　このクソみたいな戦争を終わらせるためには、あの人の力が必要なんだ」

私は隊長の真剣な眼差《まなざ》しに息を呑み、なぜギガマツ氏を探しているのか、戦争を終わらせるためにどうして氏が必要なのか尋ねた。

隊長は私を信頼し、極秘である事情を打ち明けてくれた。

なんと隊長は軍部の同志達と協力してクーデターを画策しているのだという。クーデターによって政権を奪い、新たな政府を樹立してルシュウに降伏を申し入れ、この百害あって一利なしの負け戦に終止符を打とうとしているのであった。

クーデターの準備は、あと数日で整うという。

けれども、この計画を成功させるのに必須な存在が1つだけ欠けているというのである。

それがギガマツ氏であった。

降伏を行うためには、新政府が自国民と敵国の両方から正当な政府であると容認されなければならない。でなければ降伏は成らない。自他共に承認してもらえる新政府を打ち立てることが絶対条件なのである。

では、どのようにすれば、そうした新政府を確立できるのか。それは政府の中心に誰もがコクトの代表であると認める重要人物を据えることである。それに相応しい者が誰かといえば、候補は1人しかいない。初代元首ギガマツ氏である。よってギガマツ氏の身柄が必要なのであった。

「ギガマツさんも、この戦争をいち早く終わらせることを望んでいるはずだ。だが現政権によってギガマツさんは幽閉され、その所在はわからずじまいになっている。今までずっと探してきたんだが一向に見つからないんだ。手掛かりすら掴めん。だからコロウ、知っているのなら教えてくれ」

これまで私は隊長を巻き込んでしまうのが嫌で、自分の境遇を黙っていた。けれど隊長は既にもっと奥深い所へ踏み込んでいたのである。自らの秘密を明かさないことの無意味さを悟った私は、すべてを隊長に話すことにした。

おっしゃる通り、自分はギガマツ氏の娘であること。爆撃で母が重傷を負い、ツラマに助けを求めたところ、母を奪われてしまったこと。ツラマは私にあらぬ被害妄想を抱いており、母を人質として私に死を強要していること。でも、必ず死ねと言っておきながら、すぐに私を殺そうとせず、不可解な蛇の生殺し状態にしていること。ギガマツ氏の所在に関して私は何の情報も持っていないこと。

私の話を聞き終えた隊長は「そうか、ギガマツさんの居場所は知らないか」と残念そうに呟いてから出し抜けに

「ところでお前を追い込んでいるのはツラマじゃないぞ。ダクミだ。コロウはダクミの慰み者にされているんだ」

ダクミはツラマの秘書をしている男の名であった。私も何度か面会している。隊長の言わんとする所がわからず、私が首を傾げると隊長は

「今、この国を仕切っているのはツラマじゃない。奴はとっくの昔に廃人となっている。この国を支配しているのはダクミだ。ツラマの存在は隠れ蓑《みの》に過ぎない。真の元凶はダクミなんだよ。奴はコクトを完全に滅亡させようと画策しているんだ」

ダクミがこの国を滅ぼそうとしている理由を隊長は教えてくれた。

それは復讐であるという。

ダクミはギガマツ氏の政敵の家系の人間だった。ギガマツ氏が善政を敷き、人気絶頂の時機であっても、それが独裁政治であったため、氏を公然と非難していた。

けれども、その活動がダクミの一家に災いを招くことになってしまった。一家の住まいがギガマツの熱狂的支持者を名乗る者達によって襲撃されたのである。熱狂的支持者達はダクミの家族をリンチし、動けなくなるほどの重傷を負わせた。そして家に燃料を撒き、火を放ったのである。熱狂的支持者達は焼死の苦しみを与えるため、敢えて止めは刺さないでいたのであった。

この時、周囲の住人達は誰もダクミの家族を助けようとしなかったという。住人達もギガマツの支持者であり、これは反ギガマツを主張したことによる仕方のない報いだという心理が働いたのだと推測されるそうだ。

当のダクミは外出していたため難を逃れた。帰宅した彼は焼け落ちた自宅と、炭化した祖父、両親、妻、幼い我が子を前にして泣き崩れたという。

「こうしてダクミは復讐を誓ったんだ。対象はギガマツさんと、彼を支持した全コクト国民だ」

復讐のためダクミは2代目独裁者となったツラマに近づいた。

ちなみにツラマは簒奪者《さんだつしゃ》であった。

実の父親であるギガマッ氏に毒を盛り、重体に陥《おとしい》れ、権力を奪ったのだそうだ。

ダクミはツラマを陥れ、それによってギガマッ氏とコクト国民に報復しようとしたのである。彼は経歴を偽造してツラマの秘書となることに成功した。

しかしダクミの考えていた復讐は、予想外の形で実現されることとなった。ダクミが何もしなくても、ツラマがひとりでに自滅していったのである。ツラマに国家を率いる実力はなかった。彼は自尊心のみが異常に強い、ただそれだけの愚かな男であった。ツラマは国を傾け、ギガマッ氏の功績を台無しにし、コクト国民を苦しめた。

ギガマッ氏がツラマに干渉する術はなかった。この時、既に氏はダクミによって囚《とら》われの身となっていたのである。殺さないのは自分が育て上げた国が、我が子によって滅ぼされていく様を氏に見せつけるためだと思われているそうだ。

コクトはツラマによって破滅へ突き進んでいった。ダクミの復讐は、傍観しているのみで進捗していった。ツラマが戦争を起こし、案の定大敗し、戦争の帰趨が敗戦で決してツラマが廃人化した頃、ようやくダクミに出番が回ってきた。

ダクミが復讐のためにやるべきことはツラマに代わって独裁体制を維持し、降伏せず、この勝ち目のない戦争を続けることであった。戦争を継続すればするほど、ルシュウがコクト国を壊し、コクト人を殺戮してくれるのである。

「ダクミはこの世界からコクト国民を根絶するまで戦争を続行するつもりだ。奴はそれが当然と考えている」

　コクト国民は独裁者を支持した。その結末が現状なのだ。だから責任を取らねばならない。コクト国民が責任から逃れようというなら、責任から逃れた責任を取らせる、というのがダクミの理屈であり、復讐なのだ。

「復讐対象の中には当然、ギガマツさんの身内も含まれている。そんな奴の前にコロウ、お前は姿を現してしまったんだ。新たな復讐対象を見つけて奴は狂喜しただろうよ」

　なんてことだろう。ダクミは人の良さそうな顔で私に同情的な態度を示しておきながら、その実は内心で舌なめずりしていたのである。申し訳なさそうな言動の裏には、私をなぶることへの愉悦が隠れ潜んでいたのだ。

「高額な医療費を請求して経済的に追い詰めたのも、母親を人質にしてお前を死ぬ運命に閉じ込めたのも、すべてはコロウが苦しむ様を見て己の復讐心を満足させたかったからだろう。すぐに殺さないのは単に長く楽しみたいからだ。死の自由を与え、戦闘機乗りになる願いを叶えたのも復讐の一環としての戯《たわむ》れだ。きっとお前が戦争の恐怖に締め上げられ、壊れていく様を期待したんだ。実際のところ、お前はまんまと苦難を切り抜けて奴の思い描いた通りにはならなかったけどな」

　ざまあみろだな、と隊長は笑っていた。

私は秘密にしていたすべてを打ち明けた。

そして、この国の真相を知った。

しかし何も変わらない。変えられない。

1つだけ確かなのは、キーマンはギガマツ氏ということだ。

ギガマツ氏さえ見つけ出せれば、この戦争にケリを付けられる。けれどダクミが巧妙に隠蔽しているので、その所在はようとして知れない。

私もダクミに関係していた者として何か力になれればいいのだが……。

［イ歴1078年10月9日］

真実を知った昨日の今日であるのだが、事態が急転直下した。

カノー隊長の同志がキーマンであるギガマッツ氏の監禁場所をついに突き止めたそうなのだ。

直ちに襲撃部隊を編成して奪還に向かうとのことである。

成功すれば、戦争が終わる。

母を取り戻すことだってできる。

期待が高まる。

［イ歴1078年10月12日］

本日はXデー、ワン・ワード作戦が発動される日だ。

私は今、この日記を12日の朝に書いている。

ワン・ワード作戦の迎撃に向かうのはこれからだ。

その日一日にあった出来事を記載するのが日記であるのに、朝に書いてしまっている理由は、私が今日、迎撃戦から生還できない可能性を考慮してのことである。生きて帰れなかったなら真相を記すことができない。だからこうして朝にペンを執っているのだ。


10月9日の日記、あれは嘘だ。

あの時はギガマツ氏の所在の特定などできていなかった。

では10月9日の日記は一体なんだったのかといえば、あれは罠《わな》なのだ。

すべてを終わらせるための罠だ。

ある出来事を切っ掛けとして、私はこの罠を思い付いた。

その出来事とは、私の日記が何者かによって盗み読みされていたことである。

日記が盗み読みされているのだと気が付いたのは4日前の10月8日だった。

その日の分を書き終えて、日記を閉じようとした時、私は違和感を覚えた。日記を開いて確認したところ、私はすぐに違和感の正体を判明させた。ページの並びがおかしくなっていたのである。

具体的には4月と7月の箇所。7月に至っては1年近く前のページが入り込んでしまっていた。今もこの日記は、そのままの状態にしてある。

以前に少し触れたが、この日記は壊れていた。

全ページが表紙から外れてしまっていたのだ。直そうとは常々思っていたのだが先延ばしになっており、騙《だま》し騙しそのままで使い続けていたのである。

状態から推測するに何者かが私の日記をこっそりと読んでおり、その時に誤って落としてしまったのだろう。落とした拍子にページがばらけてしまい、何者かは慌てて直した。しかしページの並びを完璧に整えるまでには至らず、このような有様になってしまったのだ。

私は怒りを覚え、盗み読みの犯人は誰なんだと考えた。

瞬間、ハッとした。

私は自分の考えを裏取りするために過去の日記を急いで読み返した。そして7月24日の日記を見て、私は自分の考えが正しいことを確信した。

7月24日の日記にはダクミから電話連絡があったことを記していた。その時ダクミは「オリジナル戦闘機の図面が完成したら私にも見せろ」と発言していた。

これは有り得ないことであった。

なぜならオリジナルの戦闘機を設計していることを私は秘密にしていたのだ。なのにダクミをそのことを知っていた。

では、どこで知ったのか。

それは間違いなく7月12日の日記だ。その日の日記で私はオリジナル戦闘機の設計をしていることに言及していた。それを読んで知ったのである。

以上のような情報を統合して私は気づいた。

私の日記を盗み読みした犯人はダクミであるということに。

もちろんダクミ本人ではない。わざわざ奴自身が私の部屋に忍び込んでいるとは考えられない。

基地内にダクミの息がかかった監視者がいたのだ。

ダクミは私に執着している。私の状況を常に知りたがっている。だから監視者を使って私を見張り、逐一報告させていたのである。そして監視者は私の心境を知ることを目的として日記の盗み読みまでしていたのだ。

私は薄ら寒くなると共に安堵した。クーデターのことが書いてある10月8日の日記を盗み読みされる前に気づけてよかった、と。

と同時に閃いた。

これは罠になる、と。

直ちにカノー隊長の下へと向かい、寝ていた隊長を起こして、私の案を話した。

「冴えてんな」と罠は即座に採用され、実施された。

私の罠、それは日記を通してニセ情報を流し、ダクミを騙してギガマッツ氏の所在を突き止めるというものであった。

まず、日記に隊長の同志がギガマッツ氏の監禁場所を判明させたという偽りの情報を記載する。それが10月9日の日記なのである。隊長達がクーデターを画策していることもバレてしまうが、そうしたリスクは飲み込むことにした。

日記を盗み読みした監視者は急いで、その情報をダクミへと知らせる。

するとダクミはギガマッツ氏を奪われてはなるまいと、その身柄をすぐに別の場所へ移動させようと動き出す。後はダクミの周辺を隊長の同志達が監視しておけば、自ずとギガマッツ氏の居場所へ案内してくれるという寸法であった。

結果、罠は成功した。

つい20分ほど前にギガマッツ氏の所在が明らかになったと連絡が来たのである。

これで氏の奪還に向かえるようになった。

けれども新たな問題点が浮上した。

氏の監禁場所が首都内だったのである。

本日、首都は敵のワン・ワード作戦によって壊滅の危機に晒されている。ワン・ワード作戦実施前にギガマツ氏を取り戻して、首都から退避させることは時間的に不可能であった。

ワン・ワード作戦が完遂されてしまえば首都諸共ギガマツ氏は消え去る危険性がある。ギガマツ氏が死んでしまったならクーデターは成就せず、戦争を終わらせることもできなくなってしまう。

以上が、私が書き残しておきたかった真相である。

すなわち私たち空咲部隊がワン・ワード作戦を阻止できるかどうかが重大な局面となったのだ。

私はこれより迎撃戦に参加する。

その結果をこの日記に記すことができないかもしれないが、コクトに明るい明日が来ることを切に願う。

それでは行ってきます。


追伸：ちなみに監視者が誰だったのかというと、司令官のズミィオだった。

私は安心した。他の隊員が監視者だったならショックを受けたが、こいつなら、納得、と思うだけで別にショックは受けない。

隊員達の手によって捕縛されたズミィオは

「確かに私はダクミと内通していた。だがコロウが今日まで生き残れたのは私のおかげなのだぞ。感謝こそすれ非難される謂れはない！」

と豪語し、自身の解放を訴えた。

ズミィオはダクミに対して、私が戦場に恐怖し、精神的に追い詰められ、もがき苦しんでおり、いつ死んでもおかしくない状態であると、言葉巧みに報告し続けていたというのである。

この男は、ダクミに対して嘘を吐いていたのだ。その報告がダクミを満足させたからこそ、私を更なる死地へ追いやるような命令が出されずに済んでいたというのだ。つまり自分は私を守っていたのだ、と主張した。

しかし誰もまともに取り合わなかった。

ズミィオがダクミに嘘の報告をしていたのは本当だろう。けれども、その目的は、私が平然と暮らしているという事実が知られたなら、自分が責任を問われると思ったからに他ならない。要するに保身だ。

ズミィオは司令官であるが実質的権限は隊長に奪われているので、私に対して手が出せない。だから嘘で言い逃れるしかなかったのだ。それを自分が私を助けたみたいな言い方をしているだけなのである。

［イ歴1078年10月18日］

私は病院の一室にて6日振りに日記を書いている。

体中のそこかしこに包帯を巻かれ、ギプスを当てられ、左目は見えない状態でベッドに横たわっている。

全身が痛い。痛いが、唯一、自由に動く右手を使って、記憶が薄れないうちに、あの日の出来事をつづっていきたいと思う。

以下は10月12日Xデーの日記の続きである。

私が朝の日記を書き終えた30分後、ツトツ海に程近い前線警戒所から

《雲霞の如き大規模敵性戦爆連合戦力が海峡を通過中。レオケンプトスの姿も確認。進行方向首都方面なり》

と連絡が入った。

事前情報通り、敵のワン・ワード作戦が開始されたのである。

その日は、とても良い天気であった。空は青く晴れ渡り、日差《ひざ》しは心地よく、風は穏やかであった。凄絶《せいぜつ》な殺し合いをするには、これ以上ないほど向いていない日だった。

カノー隊長による訓示が行われた。

出撃するパイロット達が列をなして整然と並んでいる。皆、清々《すがすが》しい表情をしていた。覚悟を決め、一切の迷いを断ち切っている。命ある限り敵を墜とす。これはそういう戦いなのだ。死闘になると理解した上で、この場に集《つど》った勇者達の顔を隊長は壇上より頼もしそうに見渡してから口を開いた。

「諸君、知っての通り大変な危機が首都に迫っている。我々は我々のすべてを使って、これを食い止めなければならない。状況は非常に不利だ。彼我の戦力差は30倍以上。真面《まとも》にやれば勝ち目はない。兵力・火力・物力、すべてにおいて我々は甚だ劣っている。しかし勝算はある。我々の目的は敵を全滅させることではなく、レオケンプトスを第一とした爆撃機のみを撃滅することにあるからだ。そして、それを実現するための情報が我々にはある。敵の戦力配置に関する情報だ」

隊長の言う通り、私達には敵の戦力配置に関する正確な情報があった。ワン・ワード作戦を迎え撃つに当たり、多数設けた前線警戒所が最新の観測データを随時こちらに送ってきてくれているのである。

「敵は爆撃機部隊を中心とし、その周囲へ広範囲にわたって防壁のように護衛戦闘機部隊を展開している。我々は、この布陣情報を利用し、敵護衛戦闘機部隊を掻《か》い潜《くぐ》り、目標である爆撃機部隊へ、こちらの戦力をすべて叩き付けるのだ。これにより周囲の護衛戦闘機が集まってくるまでの時間限定ではあるが、我々は圧倒的不利な立場を局地的に覆すことができる。敵爆

撃機部隊を壊滅させる好機を得られるのだ。時間は限られている。だが私は勇壮なる諸君らであれば、限られた時間内であっても必ずや使命を果たしてくれると確信している」

隊長はニヤリと不敵に口の端を吊《つ》り上《あ》げて笑った。

「相当無茶な作戦ではある。しかし最近の我々は無茶しかしていないので問題ないだろう」

そこかしこから笑い声が上がった。

隊長は表情を引き締め、軍靴を鳴らして両足をそろえ、全パイロット達に向けて敬礼する。

「いざ行かん！　誇り高き荒鷹共！　生きて再び会えたなら、今日という日を共に誇ろう！」

パイロット達は敬礼を返し、自機の元へと散っていった。

私も出撃しようとした。愛機の下へ走っていた私を隊長が呼び止めた。隊長は笑顔で徐《おもむろ》に私の頭をグリグリと撫でくり回した。

「これまでの部隊に対する貢献、深く感謝する。本当によくやってくれた」

その言い回しに嫌な予感がした。

「だが、死にたがりでなくなった以上、お前はここまでだ」

突然、背後から布で口元を覆われた。私の意識は急速に遠退いていった。睡眠薬をかがされているのだと気付いた時には既に手遅れだった。

＊＊＊＊

10月12日Xデーにおける空咲部隊の戦い振りについて言及する。
まずはレーコ中尉。
彼は陽動部隊を率いる役目を担っていた。敵の護衛戦闘機部隊を避け、こちらの戦力を保存し、目標の爆撃部隊にぶつける、これがカノーの作戦である。しかし敵の布陣は厳重であり、配置情報が判明していても、すべての護衛戦闘機部隊をかわすことは不可能であった。
そこで陽動部隊の出番である。陽動部隊は、敢えて護衛戦闘機部隊と接触・交戦する。これによって敵の布陣に綻びを生じさせ、爆撃部隊への道を切り開くのである。また陽動部隊は、他の護衛戦闘機部隊を引き寄せて主力が爆撃機部隊のみを相手にしていられる時間を可能な限り延長させる務めもあった。
空に敷かれた絨毯のような規模の護衛戦闘機部隊と接敵したレーコは、そのド真ん中に突撃しながら味方機へ、
《いいか、お前ら、よく聞け。敵味方を判断するのがめんどくさいから、これより俺は近づいてくる機体をすべて撃ち落とすことにする。だから注意しろよ》
という乱暴な命令を発した。

状況はレーコ1機と敵部隊が入り乱れる混戦となった。飛び交うコーレム改の群れの中でレーコの快音が乱舞する。レーコ機の動きは、敵機を撃墜するという、ただ1点に集約されていた。

右旋回、発砲、命中、反転降下、発射、命中、機首を上げて180度旋回、短連射、命中、そのまま機首上げ、射撃、命中、捩《ねじ》るような左急旋回、閃く機関砲、命中、速度減少により落下、撃つ、命中、また撃つ、命中。

彼は宣言通り、近づいてくる機体すべてを撃ち落とした。その鬼気迫る光景は敵のみならず味方をも戦慄《せんりつ》させた。

レーコは1回の短連射のみでほとんどの敵を撃墜した。彼はエンジン、燃料タンク、コックピットなど致命的な箇所に弾丸をヒットさせていたのである。

1秒で1殺、6秒で6機撃墜という快挙までやってのけた。

多くの敵機を屠っていくレーコ機であったが、その残弾にはまだまだ余裕があった。この戦いに臨むにあたり、弾切れになったら補給に戻るという時間的余裕はなかったので、レーコ機は本人の要望によって2サンチ機関砲の搭載弾薬数を極限まで増加する、という改造が施されていたのである。運動性を殺さないようにするため、増えてしまった分の重量は、13ミリ機銃の撤去と機体を守る装甲の最低限化で相殺されていた。結果、レーコ機は防御力の低下した危うい機体となってしまった。

レーコは陽動としての役目を大いに果たし、大量の敵機を自身に引き寄せた。けれどもその結果、レーコ機も敵弾の雨の中を飛ぶこととなり、命中弾を貰うこととなってしまった。しかし防御力の低い機体でありながら、彼は墜ちなかった。持ってきた銃弾を使いつくすまでレーコは暴れ続けたのである。

レーコ機の最後の姿を目撃したのは、同じく陽動部隊に参加していた快音番長の渾名を持つテツコであった。テツコは乱戦となっている戦場で空戦十則に反する水平直線飛行を行っている味方機を発見した。それは黒の16番、レーコ機であった。レーコ機にはいくつも弾痕があり、そのうちの1つはコックピットの風防に当たっており、内部が血で赤く染まっているのが見て取れた。飛び散っている出血量からしてレーコが大怪我を負っているのは明らかであった。テツコはレーコに安否を問う無線を飛ばした。すると朦朧《もうろう》とした様子の返事が戻ってきた。

《やられちまったよ……。けど残弾はなしだ。持ってきた弾はすべて敵に食らわせてやったぜ。へへっ、どんなもんだい》

それがレーコからの最後の通信となった。

続いてヨッガ少尉。

怪鳥を狩るもの・亜音改に搭乗したヨッガは、同じく亜音改を駆るカノーと共に超々重不沈戦略爆撃機・レオケンプトスと高空で相まみえた。

２人は亜音改の高速性を活《い》かし、１機のみでバトルボックスを上回る火力を有するレオケンプトスの防御火器を掻いくぐり、5サンチ機関砲を放った。長砲身から飛び出した巨弾はレオケンプトスの装甲を貫き、大人の拳《こぶし》が突っ込めるほどの大穴を開け、損害を与えていった。

だが受けた被害を最小限に抑える処置をする驚異のダメージコントロール機構によって与えた損傷は無効化されてしまった。

そこで2人は攻撃を右側に集中させることによってレオケンプトスの均衡を崩し、その巨体を沈めるアイディアを思いついた。

しかしレオケンプトスの不沈性は尋常ではなかった。その右側のみに対し執拗な砲撃を行ったが、カノー機は残弾1発、ヨツガ機が残弾0となってもレオケンプトスは右のダメージコントロール機構に余力を残していたのである。

あと1発でレオケンプトスを撃沈しなければならなくなった。

2人は貫通弾を与えることによって、これを実現しようとした。貫通弾によってダメージをレオケンプトスの爆弾倉にまで届かせ、抱えている爆弾を誘爆させようとしたのである。

砲弾の貫通力を極限まで高めるために2人が取った手段は、ここにきて奇《く》しくもバトルボックスを崩す時と同じ、正面突撃であった。

正面突撃による反航でレオケンプトスに超至近距離射撃を行うのである。反航によって弾の合成速度は亜音改の速度+レオケンプトスの速度となる。さらに超至近距離射撃によって砲弾をほぼ砲口初速のままぶち当てるのである。ここまですればレオケンプトスの巨大な体を貫くことができるだろうと2人は読んだのであった。

けれども問題が発生していた。肝心のカノー機のエンジンが戦いの中で損傷し、出力が上がらなくなっていたのである。その速度は快音並までしか出せなくなっていた。快音並の速さでは超至近距離射撃を行う前にレオケンプトスの防御火器に捕らわれ、墜とされてしまう。

《でしたら私が大佐の盾となります》

そうヨッガは志願した。

ヨッガ機がレオケンプトスの火力を一身に引き受け、カノー機を砲撃ポイントまで送り届けようというのであった。亜音改は重防快音のように装甲化されていない。したがって集中砲火を浴びればパイロットは命を落とすこととなる。ヨッガはそのことを十分にわかった上で志願したのであった。

《我が身を盾とするのはこれで2度目です。大佐、参りましょう。道は私が開きます》

方法はそれしかなく、ヨッガの覚悟を察したカノーは《頼んだ》とだけ言った。

2機は整然と一列になってレオケンプトスの正面へ突撃した。前方がヨッガ機、後方がカノー機である。

レオケンプトスの火器が一斉に活動を始め、無数の銃砲弾が前方のヨッガ機に指向した。ヨッガ機が豪雨の如き弾丸に叩きまくられる。酷いものであった。刻一刻と機体の原型が失われていく。だがヨッガ機はどれほど傷付き、穿たれ、火を噴き、燃料と煙を流しても空を這うようにして進んでいくのである。

ヨッガは見事、カノー機を砲撃ポイントまで導くことに成功した。

《よかった。あの時は駄目でしたが、今回はちゃんと目的地まで送り届けることができました》

それがヨッガからの最後の無線であった。ヨッガ機はついに力尽き墜落していった。その時、カノーは一瞬だけヨッガの姿を見た。ヨッガは血塗れだった。彼は笑顔で敬礼していた。笑わない男が笑っていたのである。その笑顔はとても彼らしい不器用なものであった。

そして放たれたカノーの最後の1発。これは狙い通りに貫通弾となった。しかし爆弾倉には当たらず、レオケンプトスを撃墜するまでには至らなかったのである。

（続）［イ歴1078年10月18日］

次に意識を取り戻した私がいたのは見慣れない一室の寝台だった。起き上がろうとしたが体の自由がきかない。四肢がすべて寝台の縁に縄で縛られていた。もがいてみたが縛りは固く、にっちもさっちもいかない。

してやられた。戦いから排除されたのだ。

隊長が私をこの死闘に参加させないよう仕向けてくることは予測できた。

なぜなら私が戦闘機乗りを続けなければならない理由は既に失われていたから。

隊長の同志達が私の母に関して調査してくれており、ある事実が判明していたのだ。私はその事実を隊長の訓示が始まる少し前に聞かされた。

私は首を回して周囲を確認した。部屋に窓はなく、光源は天井からぶら下がっている裸電灯のみであった。端には地図を広げた粗末な机が置いてある。そこは基地の地下壕であった。人の気配がした。誰かが近づいてくる。ひょっこりと顔を出したのは隊長の息子・グンゼ君であった。

私はグンゼ君に時刻を尋ねた。

グンゼ君の答えを聞き、私は気を失ってからさほど時間は経過していないことを知った。まだ十分、戦いに間に合う。

私を生かそうとしてくれている隊長の心遣いはありがたかった。しかし私の心は戦うことで占められていた。別に死んでもいいから自分のような不幸な人間を出さないために戦いたい。この国の未来のためにもワン・ワード作戦を断固阻止する力の一助になりたいという一心のみであった。

部屋にいたのはグンゼ君だけだった。

私は拘束を解いてくれるようグンゼ君に頼んでみたが、きっぱりと断られた。グンゼ君は私が逃げ出さないよう、見張りの役目を担っているらしかった。

私は隊長宅での出来事からグンゼ君が心優しい子であることを知っていた。だから、その優しさに付け込むことにした。私は観念しているように見せかけるため、眠った振りをした。

グンゼ君は、そんな私に毛布を掛けてくれた。マジ優しい。

それから唐突に腹痛を訴え、身悶《みもだ》えした。

これはもちろん演技だった。

私の急変に驚いたグンゼ君は「どうしたの？」と心配そうに近づいてきた。私は「服の内ポケットに薬が入っているから、取り出して飲ませて」と言った。

グンゼ君は寝台に上がり、私の懐をまさぐった。グンゼ君の手の動きは大胆だった。無遠慮にグイグイと差し込んでしきりに動かしてくる。流石はあの隊長の息子さんだと私は変なところで感心した。

グンゼ君は薬を見つけることができなかった。それは当然だ。元から薬などないのだから。私は「自分で取り出すから拘束を外して」と言った。すぐにグンゼ君はナイフで私の右手を縛る縄を切ってくれた。自由になった右手で私はグンゼ君からナイフを奪い取った。もう演技を続ける必要はなく、私は平然とした様子で左手、右足、左足と縄を切断していった。

私の豹変《ひょうへん》にグンゼ君は啞然としていた。そんな彼を押し倒して、寝台に拘束した。グンゼ君は私に欺かれたことにショックを受け、泣き出しそうな表情をしていた。あの時の表情は今思い出しても心がうずく。

「ごめんなさい」と一言謝り、私はグンゼ君の目を見ないようにしながら部屋を後にした。私は最低の女だ。グンゼ君の純真を踏みにじったのだから。

私は地上へと出た。誰にも出くわさないように注意しながら出撃可能な機体を探した。しかし機体は1機も残っていなかった。私の愛機・黒の184番も誰かに乗られてしまっていた。

それでも私は諦めなかった。基地を出て、通りがかった一般車両を呼び止めた。私は自分が、あの有名な大空の君であることをアピールし、協力を求め、兵器開発実験場へ乗せて行ってもらった。

兵器開発実験場へ到着すると、私はすぐさまヨウキロ教授の下へ駆け込んだ。

唐突に現れた私を「なんだ、騒々しい」と車椅子《くるまいす》姿の教授が睨んだ。

教授は病魔が進行し、既に歩けなくなっていた。容態は末期的。頬はこけ、目は窪《くぼ》み、顔色は蒼白。明らかに死期が迫っていた教授であったが、彼は休むことを断固拒否し、研究開発に打ち込み続けていた。

私は例のアレが完成しているのかを尋ねた。教授は鼻を鳴らして、

「ちょうど今さっき完成したところだ。今回はどっかの誰かさんも途中でいなくなったりせず、ちゃんと手伝ったからな」

と皮肉をきかせながら答えた後、すぐに顔を歪めた。

「だが乗り手がいない」

ちょうどよかった。

「教授、だったら私に乗らせてください。実は私の機体が故障してしまい、出撃できなくなってしまったのです」

話が面倒になるので私は嘘を吐いた。教授は破顔した。

「そいつは好都合だ。ワシにはもう時間が残されていない。死ぬ前にどうしてもアレの飛ぶ姿を見ておきたかった。お前が乗ってくれるなら申し分ない」

私達は一際《ひときわ》大きな格納庫へ移動した。格納庫は爆撃されないように入念な偽装が施されていた。格納庫の扉が開かれ、内部に明かりが灯される。灯火に照らされ、闇の中から出現したそれを教授が紹介する。

「見よ。有人ロケット迎撃機、その名も『悦音《えつおん》』だ」

「これが教授の液体ロケットエンジンを搭載した機体」

私は、ほぅ、と吐息を漏らした。私も作成を手伝った機体だが、完成形を目にしたのは、この時が初めてであった。

悦音の胴体は大型輸送機ほどのサイズがあった。胴体の大きさと比べて主翼と尾翼が非常に小さく全体的にアンバランスな外観となっていた。尾部にはロケットエンジンのノズルが見受けられた。

悦音は本来、『重量物打ち上げロケット』である。

重量物打ち上げロケットとは大重量の貨物を宇宙へ輸送するためのロケットのことだ。それに無理やり武器を詰め込んで有人ロケット迎撃機に仕立てたのだ。

悦音の発射準備が急ピッチで開始された。格納庫の天井が開き、横に寝かせている悦音を立ててレールへ移動させる。悦音は滑走路を使わない。垂直に立てたレールからロケットエンジンの噴射で飛び上がる。よってランディングギアが付けられていない。つまり帰還するための機能がないのだ。1度行ったら行きっ放しである。パイロットは機体を捨ててパラシュートで戻ってくる仕様となっている。

悦音に乗り込んだ私は座席でマニュアルを繰り返し確認し、イメージトレーニングをしていた。ぶっつけ本番でこの機体を乗りこなさなければならないのだ。確認に確認を重ねていく。

そしてすべての準備が完了し、カウントダウンが開始された。30からスタートした秒読みが0となり、エンジンが点火される。

悦音は発射した。

打ち上がった瞬間から私の体は猛烈なGに襲われた。視界が灰色に染まる。グレイアウトだ。下向きのGで血液が頭部から失われ視界が暗くなるのがブラックアウト。逆に上向きのGで血液が頭部の眼球に集中し視界が赤くなるのがレッドアウト。座席に対して後方へのGによって脳内に均等に血液が行き渡らなくなって起こるのがグレイアウトである。

意識喪失を防ぐため、私は血液をその場に止めようと全身に力を込めて歯を食い縛った。

悦音は空気を震わせ、轟音《ごうおん》を遠方まで響かせながら空を昇っていく。物凄い勢いで上昇し、いくつもの雲を貫通していった。悦音の加速力と上昇力は凄まじかった。高度1万メートルまで僅か1分で到達することが可能となっている。

「管制塔聞こえるか」

と無線を飛ばすと

《こちら管制塔、感度良好、問題なしだ》と教授の声で返ってきた。

「教授、打ち上げ成功です」

私は報告した。

《当然だ。ワシの作品をお前が操っているのだからな。この組み合わせで失敗する訳がない。

これで人類初の有人ロケット打ち上げという偉業はワシの手によって成し遂げられた》
無線から教授の満足そうな声が聞こえてくる。
《これから電波の届く限り、ワシ自ら管制官を務めてやる。地上の警戒所からの情報とレーダーからの情報を勘案して、寸分違わず目標へ誘導してやるぞ》
「よろしくお願いします」
《それとな、コロウ。たった今、知らせがあったのでお前に伝えておく》
「何でしょうか」
《空咲部隊が全滅した》
私は息を呑んだ。
《報告によれば爆撃機をすべて駆逐することには成功。しかしレオケンプトスの撃退は成らず。レオケンプトスは尚も首都へ向けて飛行中とのことだ。カノーは失敗したようだな。最も墜とさなければならない奴が残ってしまった》
「帰還者は、帰還者はいますか？」
問いに対して無情な答えが返ってきた。
《帰還者の情報はない》
私はショックを受けた。色々と弄《もてあそ》ばれたが本当に良い人達だった。皆、戦争で自身が明日をも知れぬ身でありながら私のような可愛げない人間を気遣ってくれた。自分が苦しい時に、他人に優しくすることができるのは真に善良の証《あかし》である。大変な思いもさせられたが、死に囚われた私が塞ぎ込まず普通に日々を過ごせたのは皆のおかげであった。

はっきりと言おう。

私は空咲部隊が好きだ。

大好きだ。

「教授、空咲部隊は全滅などしていません。まだ私がいます。私が任務を完遂します。レオケンプトスの下へ私を導いてください」

速度計は悦音が音速を超えたことを示した。機体が衝撃波の衣をまとう。

音の壁を超えた世界は予想していたよりも静かだった。

《コロウ、針路上に敵護衛戦闘機部隊がいるが気にしなくていいぞ。超音速である悦音の前では護衛戦闘機など無意味だ》

教授の言葉を聞いたと同時に、前方に何かが見えた。あれがその敵護衛戦闘機部隊だろうか、と思っている最中に通り過ぎてしまう。敵機は私を追跡しようとしたが、あっという間に彼方《かなた》へと消えていった。彼我の速度差が大き過ぎたのだ。

「我に追いつく敵機なし」

私は通信を送った。

《そろそろ電波が届かなくなる。コロウ、お前はそのまま真《ま》っ直《す》ぐ飛べ。そうすれば30秒で目

標が見えてくる》

「了解です」

《そうだ、コロウ、言い忘れていた。ワシはもうすぐ死ぬから、ワシの研究成果と遺産をすべてお前に相続させることにする》

突然の遺言に私は困惑した。そんなこと急に言われても困る。私が難色を示していると

《お前の答えは求めていない。ワシはワシの要望を伝えるのみだ》

身勝手なエゴイストの一方的な言葉を最後に無線は切れた。悦音が管制塔からの通信圏外へ出てしまったのである。私は肩を竦《すく》めるしかなかった。

その時、私の視界が高空に浮かぶ物体を捉えた。身を乗り出す。間違いない。レオケンプトスであった。

「あれだ。あれを撃ち墜とすために私はここへ来た」

突進する。悦音を攻撃モードへ移行させる。悦音は、その積載量が許す限りの兵器を詰め込んだ、いわば空飛ぶ武器庫であった。悦音の先端部が割れて内部が露出する。出現したのは鈴《すず》生《な》りになった55ミリ固体ロケット弾であった。束になり、びっしりと敷き詰められたロケット弾が幾重にも層を成している。その総数は512発。並々ならぬ火力である。

私は発射ボタンを押した。ロケット弾が次々と放たれていく。このロケット弾は非常に命中精度が悪いため、広範囲に撒き散らして敵に当てる仕様となっている。荒れ狂うロケット弾の

嵐がレオケンプトスへ襲いかかった。風の音しか聞こえない空域に爆発音が鳴り響く。多数のロケット弾がレオケンプトスを直撃した。2サンチ機関砲を難なく跳ね返すとされている分厚い装甲も、炸裂する爆薬の華には耐えることはできなかった。装甲板が吹き飛ぶ。その傷口に別のロケット弾が飛び込んで被害を拡大させた。

1度目の攻撃を終えた私は2度目に着手するため操縦桿を倒し、機首を敵に向けようとした。けれど悦音の旋回性能は最悪であった。壮大な弧を描いてしまう。元が一直線に宇宙を目指すための機体であるため、これは仕方ないことであった。旋回で発生したGが容赦なく私を苛《さいな》む。

大仰な旋回をして、ようやくレオケンプトスの姿を正面に捉えた。距離が離れ過ぎてしまい、目視できるレオケンプトスのサイズは全長220メートルが5サンチほどになっていた。

再び悦音は突き進んでいく。小さかったレオケンプトスの姿が瞬時に拡大されていく。

レオケンプトスも黙ってやられてはいなかった。全身の火器を活動させ、銃砲弾を散布する。しかし超音速で移動する悦音を全く捕捉できていなかった。こちらが速過ぎるのだ。

私は2度目の攻撃を準備する。55ミリ固体ロケット弾に次いで現れたのは多数の柳弾であった。新しいタイプの柳弾ではない。初期の旧柳弾である。使用されず余っていたのを有りったけ持ってきたのだ。堅牢な装甲で鎧《よろ》われているレオケンプトスに柳弾は通じない。だがそれは通常の運用方法の場合である。悦音の柳弾は対レオケンプトスを考慮し、別の使い方をするために積まれたのである。その使い方とは、直接叩き付ける、という乱暴なものであった。超音速で飛行する悦音から投下すれば柳弾も超音速になる、超音速の柳弾がぶつかれば十分な凶器になる、という発想である。

私はレオケンプトス目掛けて柳弾を投げつけるように解き放った。柳弾はレオケンプトスの巨体にめり込む。その後、柳弾の時限信管が作動し、小爆弾をぶちまけた。柳弾が刺さっている状態のため、小爆弾はレオケンプトスの内部へ入り込み、そこで爆発する。外部で炸裂するのと訳が違った。閉鎖空間に爆圧が駆け巡り、金属が裂け、割れ、レオケンプトスに大ダメージを与える。

3度目の攻撃のため、悦音は再度、長大な半径の旋回を行った。私は首を回して遠ざかったレオケンプトスの状態を確認する。炎を噴き、何本もの黒い煙の尾が引かれていた。そして、少しだけではあるが、水平だった機体が傾《かし》いでいた。

効いている！　と私は思った。

その時、不意にレオケンプトスからバラバラとパーツが剝がれ落ちるのが見えた。空中分解を始めたのか、と期待したが、そうではなかった。落ちていくのは機体の煙を吐いたり、火災を起こしている部分だけだった。剝離《はくり》が進むにつれてレオケンプトスが損害を負っている証である煙の尾はその数を減らしていった。そして最後は驚くべきことに新たな推進器が出現し、運転を開始したのである。

パーツが減って軽量化されたことと新しい推進器の稼働により、傾いでいた機体が持ち直していく。レオケンプトスは元の水平状態へ復元したのであった。

「ダメージを脱ぎ捨てた⁉」

私は呻《うめ》いた。レオケンプトスは驚愕のダメージコントロール機構、すなわち攻撃を受けた際に被害を最小限に抑える処置をする機構を備えていたのである。損害個所を機体から切除したのだ。不沈の名は伊達じゃなかった。

私は歯嚙《はが》みした。悦音に搭載された兵器は後1つだけである。果たして残された火力で、これほどの怪物を沈めることができるのだろうか。どう考えても難しかった。私の中で不安が芽生えた。けれども、すぐに私は気合を入れ直し、不安の芽をすり潰す。やるのだ。ウダウダしている場合ではない。絶対に空咲は負けない。

私は突破口を見出すため、レオケンプトスをつぶさに観察した。するとレオケンプトスの左右の外観が大きく異なっていることに気づいた。右側の厚みが失われていたのである。厚みが失われているということは、既に右側はダメコンが酷使されたことを意味していた。隊長達が残した戦跡なのだろうと推察できた。隊長達は亜音改を駆ってレオケンプトスと激戦を繰り広げたのだ。

私はハッとした。隊長達の企図を理解したのだ。

巨大なレオケンプトスの体を万遍なく破壊していては弾がいくらあっても足りない。そこで隊長達はダメージを右側だけに集中させて機体の均衡を崩し、それによって墜落させてしまおうとしたのである。

合理的な戦法であった。

あの隊長達がただでやられる訳がなかったのだ。最後の一押しまで追い詰めてくれていたのである。

道は示された。狙うは右である。

私は敵機の右側を取ろうとした。しかしレオケンプトスを操る敵パイロット、おそらく例のキャパスであると思われるが、然《さ》る者《もの》であった。こちらに対して機体の左側を差し出し、決して右側を晒そうとしないのである。思い返してみると1度目の55ミリ固体ロケット弾も2度目の柳弾もすべてレオケンプトスの左側に命中していた。あれは偶然ではなく敵パイロットが意図して、そうさせていたのである。

けれども裏を返せば、そうまでして右側を守ろうとするということは、もう限界に達しているという証《あかし》に他ならなかった。

何とかして私はレオケンプトスの右側に回ろうとした。しかし敵パイロットのマニューバは巧みであり、また悦音の旋回性能が非常に悪いため、敵機の右を取ることができなかった。

不本意であるが私は右にこだわるのを諦めざるを得なかった。このままでは燃料切れとなってしまうから。私は左斜め前から攻撃することにした。左斜め前からであっても上手くやれば右側へダメージを及ぼすことが可能と判断したのである。

私は仕掛けた。悦音から最後の武器を出現させる。

5サンチガトリング砲。

軍艦に搭載されていたものを引っこ抜いて持ってきたのだ。口径は亜音に装備された5サンチ機関砲と同じであるが発射速度は遥かに上である。5サンチ機関砲が毎分60発であるのに対し、5サンチガトリング砲は毎分240発。大口径砲でありながら、この驚異の発射速度を実現したのがガトリング方式であった。複数の銃身を外部動力で回転させて給弾・装塡《そうてん》・発射・排莢《はいきょう》を繰り返し、連続射撃を行うのだ。これにより従来の単銃身である機関砲を超える発射速度を可能とした。けれど多銃身であることと外部動力を使うことによって、5サンチガトリング砲は大型化と重量増大が問題となった。陸上での固定砲か、軍艦での使用に限定された。しかし悦音のロケットエンジンが有する搭載能力によって、この砲は高空でコクトに仇なす化け物と相見《あいまみ》えることとなったのである。

ガトリング砲を起動させようとした、その時であった。

悦音がガクンと何かにつまずいたように揺れた。不意にロケットエンジンが咳き込み始めたのである。そして止まってしまった。再起動を試みたが反応はなかった。液体ロケットエンジンは、宇宙へ行くために開発されたものである。それを無視して戦闘で使用し、乱暴にブン回して無理な負担を強いたため不具合が生じてしまったようであった。

エンジン停止により、悦音の速度がみるみるうちに低下していく。速さが失われたことによって敵弾に捕捉可能となってしまった。しかし、もはや後戻りはできない。滑空で挑むのみであった。

レオケンプトスの吐き出す火力が悦音の体を切り刻んでいく。けれども悦音はサイズが大きいため完全粉砕できず、その突進を阻止するまでには至らない。

こうなれば悦音とレオケンプトスの正面からの殴り合いであった。

私はガトリング砲を回転させ、発射準備に入る。照準器に敵影を収め、引金を引いた。凄絶な反動、悦音本体に匹敵《ひってき》するサイズの発射炎が銃口より吐き出される。まるで架空の生物であるドラゴンが火を噴いているようであった。ガトリング砲は5サンチ弾の雪崩《なだれ》を巻き起こす。その雪崩に呑まれたレオケンプトスの全身から被弾火花がほとばしった。飛び散る火の粉が激し過ぎて、レオケンプトスの巨体を覆い隠してしまう。

私はレオケンプトスの反撃によって穿たれていく悦音の中で操縦桿を握り、必死に射撃コースを維持した。

視界の隅で閃光が走った。風防が砕ける。全身を殴りつけられたような感触が襲い、左半身にドスドスと2度ほど何かが刺さる不気味な震動がした。アドレナリンが分泌されていたためか、痛みは全く感じなかった。左半身を確認する。鋭い鉄片が肩口に刺さっていた。さらに左視野で異変が起こる。左の色彩はだんだんと赤くなっていき、仕舞いには紅で塗《ぬ》り潰されてしまった。左目にガラス片が入って眼球を傷つけたのだ。しかし私は怯《ひる》まなかった。興奮の極みにあって、私の頭の中には、この撃ち合いに勝つことしかなかった。

残った私の右目の視界一杯にレオケンプトスの巨体が広がった。


以上が、Xデーにおける私の記憶のすべてである。

次に気が付いた時には今日という日付になっており、私は包帯まみれでベッドに寝かされていた。

あんな無茶をしたのに、なぜ自分が生きているのか皆目見当が付かない。誰かに聞きたいが周りに戦闘の詳細を知っている者が誰もいなかった。

けれども首都がどうなったのかは確認できた。

首都は無事だった。

空咲部隊は勝ったのだ。ワン・ワード作戦を阻止したのである。

そして戦争も終わっていた。

ギガマツ氏の身柄奪還は成功し、クーデターは実行に移され、現体制は打倒されていた。

10月15日にはギガマツ氏を代表とした新政権の樹立が国内外へ向けて宣言され、ルシュウに対して降伏が申し入れられた。

翌10月16日にルシュウは、この降伏を受諾。

ここにこの終わりの見えなかった第3次コル戦争は幕を閉じたのであった。
薬が効いてきたのか体の痛みが少し楽になってきた。
その代わり非常に眠い。
今日はこのくらいにして休むことにする。

［イ歴1078年10月19日］

喜ばしいことにカノー隊長が生きていた。

今日、目を覚ますとベッドの傍らに隊長が立っていたのだ。最初、先に逝《い》った隊長が私を迎えに来たのかと思ってしまった。隊長も私と同様に包帯まみれの姿であったが、平然と歩き回っていた。本当にタフな人だ。

隊長は10月12日の迎撃戦での、私の記憶が途絶えた後のことを教えてくれた。

あの日、私とレオケンプトスが戦った空域に隊長もいたそうである。

隊長の機体はボロボロになっており、どうにかこうにか飛んでいる有様であった。弾切れで攻撃手段も失っていた。

そこへ私の悦音が出現したのだった。無線が壊れていたので私と通信することはできなかったという。

隊長は戦闘の一部始終を目撃していた。

激烈な撃ち合いの末、悦音のガトリング砲による着弾の火花が晴れてレオケンプトスが姿を現す。

それは無残な姿に成り果てていた。表面は大きな弾痕だらけとなり、装甲は剝がれて内部を露にしている。体中に火と煙をまとわりつかせて、空に流血の痕跡のように太い黒煙の尾を引

いていた。さながら朽ちかけた巨獣である。

そしてダメージは狙った右側にまで及んでいた。

大爆発が起こった。

爆弾倉に抱えた爆弾が誘爆したのであろう。レオケンプトスの右翼は巨大な鉄槌で殴られたかのようにして圧《お》し折れ、墜ちていったとのことであった。

強敵を倒し、力尽きたように落下していく悦音の中に気絶した私の姿があるのを隊長は発見した。隊長は機体を乗り捨て、落ちていく悦音を追った。そうして空中で助け出し、パラシュートを開いて私を無事に地上へと下ろしたそうである。

「お前を戦闘から除外した俺が言うのも何だが、よくやった。そして、よく生き残った」

隊長は私の頭をグリグリと撫でた。


他のパイロット達がどうなったのかも私は尋ねてみた。

隊長は「わからん」と答えた。戦後の混乱で情報が入ってこないとのことであった。また、敢えて調べようともしていないとのことでもあった。

「生きていれば、またどこかで会えんだろ」

それ以上、隊長は何も言わなかった。

［イ歴1078年10月22日］

今日、お墓参りをした。

母の遺体が葬られたという無縁墓地に行ってきたのだ。

母は私の下から連れ去られた直後に亡くなっていた。ダクミは母の死を隠蔽して私を騙し、脅し続けていたのである。私はとっくの昔に家族を失い、1人ぼっちになっていたのだ。

私は名の刻まれていない墓碑《ぼひ》に花を手向けて、数分でその場から去った。

思うに、母の亡骸《なきがら》はそこに有っても魂はない。母の魂は常に私の側に有って、私を守ってくれていたのだ。だからあれほどの無茶をしても今日という日まで生き残ることができたのである。母は近くですべてを見ていてくれた。だから墓前で報告する必要はない。

追伸：私の父にあたるギガマツ氏は戦争終結が成った翌日に息を引き取っていた。助け出された時には既に病み衰えていて明日をも知れない身であったそうだ。そんな瀕死《ひんし》の体を持たせ、やるべきことをやって、逝ったのである。流石は母が惚れた男の人だ。
きっと今、母の隣にはギガマツ氏がいるのだろう。

［イ歴1078年10月23日］

グンゼ君の私に対する態度がよそよそしい。

怪我の所為で満足に動けない私を、グンゼ君は甲斐甲斐しく世話してくれているのだが、非常に距離感を感じる。

理由は言わずもがな。

100％私が悪い。私はグンゼ君をだまくらかしたのだから。嫌われて当然だろう。

しかし、あんな真似をしておきながら身勝手な考えであるが、私はグンゼ君に嫌われたままでいたくなかった。仲直りしたかった。だからとりあえず謝った。

「ごめんねグンゼ君、私って可愛くない女なんだ」

そう詫びるとグンゼ君は目を逸らしたまま

「僕はお姉さんの可愛くないところが可愛いと思うよ」

私は震えた。そして、ときめき、狼狽《うろた》え、赤面した。年下の男子にシビれさせられるとは思ってもみなかった。

追伸：私がグンゼ君に嫌われてしまったことについて、カノー隊長にも相談してみた。

すると隊長は、

「あいつはお前を嫌った訳じゃない。あいつは何もできなかった自分の無力さに対して腹を立てているだけだよ。要するに少しだけ大人になったのさ」

と言っていた。

「まあ、その無力さを味わわせた原因は間違いなくお前だし、その所為であいつが年相応の愛らしさを失い、なんだかストイックな雰囲気を醸《かも》し出すようになってしまったがな。お前が悪いと言えば全部お前が悪い。責任を取れ責任を、ありとあらゆる意味で」

私はぐっと言葉に詰まった。

［イ歴1078年10月24日］

今日がこの日記の最後のページとなる。

私は死ぬはずだったので、この日記を最後のページまで書き切ることはできないと思っていたから感慨深いものがある。

それでは今日あった出来事を書いていこう。


早朝、急に私は叩き起こされた。

目を開けると大仰な荷物を持ったカノー隊長と、そのファミリーがいた。

「行くぞ」とだけ言われ、私はグンゼ君が押す車椅子に乗せられ病院を出た。まだ寝ぼけていて頭が働いていない私は、されるがまま車椅子の上でグラグラ揺れていた。

車に乗り、それから列車に乗り、そして大きな船に乗った。

間も無く出航となった頃、ようやく隊長は事情を話してくれた。

ルシュウ軍が進駐してきたのだという。

戦争に負けたのだから、それはそうなるだろう。それでなぜ、慌てて病院を飛び出し、船に乗っているのか、意味がわからないという表情をしていると、隊長から
「なに呑気にしてんだ。お前、自分が世界平和の敵に認定されたこと、忘れてんだろ」

と言われた。

確かにそうだった。インチキ報道の所為で、私こと大空の君は国民に対して戦争を煽ったことになっているのだ。そのためルシュウのホート首相に目を付けられ、ツラマと同格の悪とされ、世界平和の敵にされてしまったのである。

「ルシュウが来たら、お前は絶対に戦犯として逮捕されて裁かれるぞ」

撃った銃弾の数だけ殺人罪に問われるかもしれない、とまで隊長は言った。冗談かと思ったが過去にあった本当の話だそうだ。撃った銃弾が誰にも当たっていない保証はない、当たったかもしれない、だから銃弾の数だけ有罪にする。滅茶苦茶な屁理屈《へりくつ》だが裁く側が勝者なので公平性は皆無であり、何でもありになってしまうとのことだった。

「この事態はお前を大空の君に祭り上げた俺にも責任があるからな。だからお前をウチで引き取って、一緒に連れて行くことにした」

元々、隊長一家はロゼミアさんの都合で、この戦争が終わったらコクト国から出て行く予定だったそうである。ルシュウ軍が進駐してきたので私を助けるために、その予定を前倒しして、連れ出してくれたのであった。

「そんな訳でコロウ、お前は俺とロゼミアの娘で、グンゼの姉になったぞ」

唐突な話であったが、私は目に涙をにじませてしまった。純粋にうれしかった。隊長一家が私のことを想い、私を迎え入れてくれたことに。

しかし私は隊長の申し出を断ることにした。

理由は隊長一家に害が及んでしまう危険性があるからだ。世界の敵などという爆弾を身内に抱えていては大変なことになってしまう。優しさに甘えてはならないのだ。

「ありがとうございます。ですが、その気持ちだけで十分です。お断りさせていただきます。ご迷惑をおかけする訳にはいきません。私の身柄はルシュウへ渡してください」

私がそう言うと、隊長は「ああん？」とガラ悪く恫喝《どうかつ》するように唸った。おっかなかったが、その様子は懐かしかった。私の死にたがりがバレて、隊長に追及された時と同じだったから。

「危ないからお前を見捨てろってか？　なめんじゃねえぞコロウ。俺はお前を娘にするって決めたんだ。決めたからには、お前はもうウチの子なんだよ。たかだか国を敵に回す程度のことで、自分の子供を差し出すような、そんなカッコ悪い真似はしねえんだよ」

あの時もそうだった。隊長は私を絶対に諦めなかった。私が死ねばお目付け役も死ぬという脅迫的手段で私の死にたがりを阻止してきたのである。私が拒んでも事態は終息せず、ややこしく、そして大げさになるだけである。私に選択肢はなかった。

という訳で激動の内容となったこの日記を左記の一文で閉めたいと思う。

お母さん、私に新しい家族ができました。

あとがき

初めまして、山藤豪太《やまとうごうた》と申します。

この度は第13回ＧＡ文庫大賞にて銀賞を頂き、本作でデビューさせて頂くこととなりました。この本を手に取って頂き、ありがとうございます。

受賞の連絡を頂いた時には信じられない思いでした。スマホに知らない電話番号の着信履歴が残っており、その番号をネットで検索したところＧＡ文庫編集部がヒットし、「これはもしや」と思った時の驚きは今でも忘れられません。そして折り返しをかけて受賞を知った時の喜びは一入《ひとしお》でした。

本作『コロウの空戦日記』ですが虚実が入り混じった作品となっております。最初のバトルボックス対突撃用くさび隊形は事実を基にして書いています。第二次世界大戦下でのアメリカ軍のコンバットボックスという密集防御編隊と、これを迎撃するドイツ軍の突撃飛行隊が話の基になっています。

思えば、この話を図書館の資料で知ったのが本作品を書こうと考えるに至った切っ掛けでした。その資料に触れることが無ければ本作が世に誕生する事も無かったと考えると感慨深いものがあります。

それではこの場をお借りして謝辞を。

味わいのあるイラストで本作を趣深く彩ってくださったつくぐ様。イラストから感じられる情緒が素晴らしくて凄く格好良かったです。また私のイメージが漠然としているにもかかわらず素敵なキャラをデザインしていただきました。

本作を第13回ＧＡ文庫大賞・銀賞に選んでくださったＧＡ文庫編集部の皆様。若輩者ではありますが、ご指導のほどをよろしくお願いします。

この作品を出版するにあたりご尽力いただきました担当編集者様。子細な質問にも答えを頂き、また多くのアドバイスを頂くなど多大な助力をいただきました。一緒に作ってゆくことでクオリティアップしていく作品に私は感心のしどおしでした。

営業部の皆様。校正様。本作品を出版する上でお世話になった全ての皆様。

そして本書をお手に取りここまで読んでくださった読者の皆様。

すべての方々に最大級の感謝を捧げます。

ありがとうございました！

ファンレター、作品の
ご感想をお待ちしています

〈あて先〉

〒106－0032
東京都港区六本木2－4－5
SBクリエイティブ（株）
GA文庫編集部 気付

「山藤豪太先生」係
「つくぐ先生」係

本書に関するご意見・ご感想は
右の QR コードよりお寄せください。

※アクセスの際や登録時に発生する通信費等はご負担ください。

https://ga.sbcr.jp/

コロウの空戦日記

発　行　　2022年1月31日　初版第一刷発行
著　者　　山藤豪太
発行人　　小川　淳

発行所　　SBクリエイティブ株式会社
〒106－0032
東京都港区六本木2－4－5
電話　03－5549－1201
　　　03－5549－1167（編集）

装　丁　　AFTERGLOW

印刷・製本　中央精版印刷株式会社

ISBN978-4-8156-1150-7
Printed in Japan　　GA文庫

試読版は
こちら!

試読版は
こちら!

お隣の天使様にいつの間にか 駄目人間にされていた件5.5

著：佐伯さん　画：はねこと

GA文庫

自堕落な一人暮らし生活を送る高校生の藤宮周と、〝天使様〟とあだ名される学校一の美少女、椎名真昼。

　関わるはずのなかった隣人同士、ふとしたきっかけから、いつしか食事をともにするようになっていた。

　ぶっきらぼうななかに、細やかな気遣いを見せる周と、よそ行きの仮面でない、自然な笑みを浮かべられるようになった真昼。惹かれ合っていく二人の過去といま、そして彼らを取り巻く折々を描く書き下ろし短編集。

　これは、甘くて焦れったい、恋の物語――。

試読版は
こちら!